OS FANTASMAS DE BORGO PALAZZO

CB065569

Gisela Rao

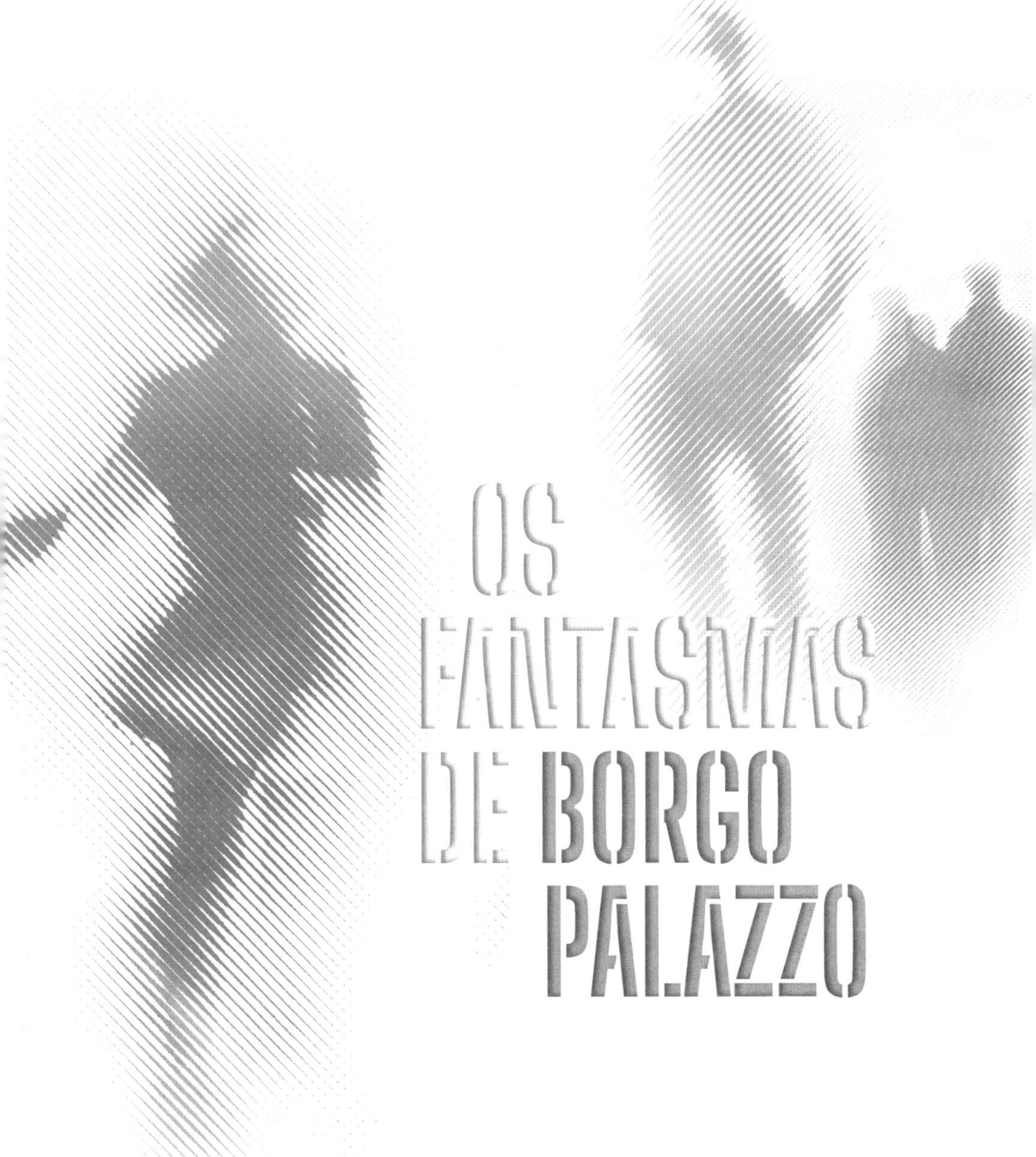

OS FANTASMAS DE BORGO PALAZZO

© 2024 - Gisela Rao
Direitos em língua portuguesa para o Brasil:
Matrix Editora
www.matrixeditora.com.br
❶/MatrixEditora | ◉ /matrixeditora | ◎ /matrixeditora

Diretor editorial
Paulo Tadeu

Capa
xdD

Projeto gráfico e diagramação
Danieli Campos

Revisão
Adriana Wrege
Silvia Parollo

CIP-BRASIL - CATALOGAÇÃO NA PUBLICAÇÃO
SINDICATO NACIONAL DOS EDITORES DE LIVROS, RJ

Rao, Gisela
Os fantasmas de Borgo Palazzo / Gisela Rao. - 1. ed. - São Paulo: Matrix, 2024.
120 p.; 23 cm.

ISBN 978-65-5616-503-5

1. Ficção brasileira. I. Título.

24-93541
CDD: 869.3
CDU: 82-3(81)

Meri Gleice Rodrigues de Souza - Bibliotecária - CRB-7/6439

Dedico este livro aos que me ensinaram a escrever além do mesmismo:
Alemão (Marcio Castro Delgado)
Angela Rao
José Ruy Gandra
Paulo Nogueira (*in memoriam*)

E aos que foram generosos para que minhas viagens acontecessem:
Andrea Mitelman
Barbara Bueno
Esther Schattan
Fabio Cimino
Giovanna Lisboa
Kiko Nogueira
Guias: Bárbara Campanaro, Claudia Leite, Cristiane Barros
Lucas Rolim
Margit Junginger
Maria Alice Ráo Costa
Meu pai (*in memoriam*)
Raquel Perez
Renata Nunes
Rodrigo Almeida (Rodrik)

Consultados:
Aline Melo da Silva
Bergamo Segreta
ChurchPOP
Dersu Uzala
Fernando Vianna
Henrique Carvalho
Maele Correia
Professores Mario Eduardo Costa Pereira/André Camargo Costa
Rosella Ferrari
Silvia Pedrosa

A felicidade está no mistério.
Joseph Campbell

PRÓLOGO

No começo de outubro, as folhas já começavam a cair como paraquedistas dos aviões de guerra. Eu estava tirando os galhos de cima do túmulo da senhora de colarzinho de pérola quando ele chegou. Era um homem grisalho, de uns 70 anos, não muito alto, a cara do De Niro, e é claro que esse detalhe chamou minha atenção. Levantei os óculos escuros naquele segundo-de-esperança que te faz acreditar que o ator de *O Poderoso Chefão* estaria dando um rolezinho no cemitério de Bérgamo.

O visitante sósia do ator vestia um colete de lã cor de burro quando foge, um paletó de veludo marrom com os cotovelos estapeados pelos encostos das poltronas de teatro e bota de cano curto, *expert* em garantir que o seu dono não escorregasse nas pedras das ruas medievais da Cidade Alta.

Ele parou em frente ao painel eletrônico da entrada do cemitério e digitou, com muito cuidado, um sobrenome qualquer. Rapidamente, uma letra e um número apareceram na tela, indicando a localização de um túmulo. Virou-se para os porteiros e disse que estava à procura da mãe e do pai. Segundos depois de um silêncio embolado com a respiração, de quem um dia já foi fumante, pediu auxílio para encontrar os jazigos. O porteiro Loiro fez que sim com a cabeça, o Moreno ficou tomando conta da entrada. E eu, sempre curiosa, me meti a ir junto, por um labirinto de corredores gelados, cujo delicado novelo de lã do amor impedia que os entes vivos fossem devorados pela tristeza minotáurica.

Andamos alguns minutos pelo subsolo. Estava um frio lascado e achei que seria uma boa ideia tapar as orelhas com o gorro que estava espremido no bolso. Eu acho que os restos mortais das pessoas menos endinheiradas ficavam ali. Os mais ricos, e/ou famosos, tinham direito ao sol, às flores frescas e à vista para as lindas montanhas bergamascas, muitas vezes cobertas de neve. Mas voltar ao pó, fosse você um afortunado ou desafortunado, era a estação de desembarque de todos nós.

Enquanto eu pensava nesse conceito, de algum lugar da Bíblia, o homem contou que era vendedor de livros aposentado, que havia perdido a mãe com 10 anos de idade, e o pai, com 11; e que tinha sido criado pelos irmãos mais velhos. Não é bem que ele dissesse, eu que, insolente, perguntei como tinha se virado depois desses tristes acontecimentos. Percebi, num gesto de mãos, que ele não tinha sido lá muito feliz na infância e achei melhor deixar quieto.

O ex-vendedor andava ligeirinho pelos corredores. Ele repetia a frase "Mãezinha, olhe sempre por nós aqui embaixo" com um sorriso maroto, como se o texto tivesse sido criado pelas próprias crianças na esperança de eternizar, de certa maneira, o amor daquela mulher que partiu tão cedo, sabe-se lá Deus por quê.

Quando finalmente chegamos à frente dos jazigos, com pálidas hortênsias azuis de plástico, aquele senhor voltou seis décadas no tempo. Achou um lenço amarrotado no paletó, subiu na escada até alcançar a morada da família e começou a tirar a poeira das fotos, olhando para a gente como se voltasse a ser um menino desamparado e balbuciando "mamãe", "papai". Acima da foto do casal de cabelos negros estava, já sem brilho, a frase que ele vinha repetindo: "Mãezinha, olhe sempre por nós aqui embaixo". Uma lágrima passou pelo canto do meu olho, escorregou pela bochecha e perdeu força no canto direito da boca.

Sabe aqueles filmes em que os adultos vão se transformando em crianças? As calças encurtam até virarem bermudas, as camisas encolhem, os sapatos diminuem de tamanho... Era isso que estava acontecendo. Um portal se abriu e ele tinha caído lá dentro.

1

O Cimitero Monumentale di Bergamo me pegou desprevenida, em um dia em que eu estava subindo a Rua Borgo Palazzo à procura de um ponto de retirada da Amazon. O dono da loja, onde estava minha encomenda, tinha sido muito antipático. O problema é que alguns comerciantes se metiam a fazer esse tipo de serviço de graça e depois não aguentavam o tranco. A ideia é que as pessoas fossem lá buscar seus pacotes e aproveitassem para conhecer a loja e comprassem alguma coisa. Isso raramente acontecia. A maioria pegava a caixa ou envelope de papelão e se mandava, louca para abrir e usar a coisa recém-chegada. Eu era diferente; comprava na Amazon quando não achava na cidade e ficava sem graça de ir só por causa daquilo e acabava comendo alguma coisa, se fosse uma *pasticceria*, ou levava alguma coisinha para casa, se fosse uma loja. Ou seja, a encomenda acabava ficando mais cara.

Acontece que, nesse exato dia, o proprietário estava de mau humor e resolveu descontar em mim, mas eu peitei: "Escuta, o senhor não pode tratar uma cliente assim, não". Ele começou a amaldiçoar a Amazon, peguei minha encomenda e saí rapidinho, deixando aquele monte de palavrões ricocheteando nas paredes. Sim, saber me impor foi uma das primeiras coisas que aprendi na Itália, e quem me ensinou foi um turista mineiro que me viu imóvel, com medo, nas encruzilhadas loucas das ruas de Roma; me agarrou por uma mão, levantou a outra e foi atravessando dizendo: "Tem que se impor, tem que se impor".

Quando eu estava descendo a ladeira da Borgo Palazzo com o

meu pacote, olhei para a direita e meus olhos deram um *zoom* em uma alameda belíssima cheia de árvores no formato de pontos de exclamação. Ao final dela, havia uma construção do século XIX que, não sei por que cargas d'água, me lembrou aqueles templos de pedra do Vietnã e do Camboja. Nos meus anos escrevendo para uma revista de turismo, aprendi uma coisa que talvez as pessoas considerem um pouco estranha: quer conhecer a cultura de um lugar? Não comece pela comida, comece pelo cemitério.

O Monumentale foi construído porque Napoleão emitiu uma lei (*Décret Impérial sur les Sépultures*), após suas conquistas, segundo a qual não se podia mais enterrar os mortos nas igrejas. E a Itália acatou. Antigas famílias da cidade, artistas, estilistas, jogadores de futebol, jovens que tragicamente se acidentaram, maestros e até vencedor do prêmio Nobel estavam ali, deitados em berço esplêndido. E demorou para cair a ficha de que esse tenha sido, talvez, o primeiro cenário desolador daquele ano "voldemórtico", impronunciável, de 2020, no início da pandemia de covid-19. Difícil esquecer a cena, no noticiário, da fileira de caminhões do Exército rumo ao cemitério, transportando os caixões de centenas de pessoas que já não estavam mais entre nós, em um momento em que todos estavam apavorados e perdidos no espaço. Mas o povo bergamasco não fugia à luta: engenheiros, arquitetos, carpinteiros, artesãos, todos se uniram para levantar, em tempo recorde, um hospital para ajudar o máximo de pessoas possível. A maioria dos falecidos era de pessoas de mais idade. Eu ainda não morava lá, mas sabemos como a dor deve ter varrido essa cidade e, depois, o mundo inteiro, como uma tempestade de areia do Saara varre as roupas estendidas nos varais. E essa loucura toda aconteceu há tão pouco tempo! E que fique mesmo lá para trás.

A ideia de ser voluntária na limpeza do Monumentale partiu de um saco-cheísmo dos vivos. Eu estava cansada de ser enganada, desrespeitada, e de me sentir frustrada com algumas pessoas nos meus meses de Itália. Não existia nenhuma vaga para voluntariado, mas resolvi passar algumas horas por dia lá mesmo assim, ajudando a cuidar de uma ou outra coisinha, já que eu trabalhava de *pet sitter* e criava minha própria agenda. Mas, para explicar melhor isso, vou ter que dar um *reward* na minha vida e voltar para 2012, no dia da minha lua de mel.

2

O Biólogo me achou no Facebook, no perfil de uma amiga em comum. Gostou do meu jeito debochado de falar sobre as coisas e resolveu dar uma investida básica. Era bonitão, tinha 34 anos, cinco a mais que eu, e curtia plantas, animais, cinema, ioga e a cultura dos povos ancestrais brasileiros. E, como eu, era um Itália-lover. Morávamos em cidades diferentes, mas não distantes, e a gente se encontrava em algum lugar no meio do caminho.

Não demorou muito para juntarmos os *tupperwares*, porque o relacionamento fluía gostoso, sem joguinhos, nem solavancos, nem paixões terremóticas, como umas que eu já havia vivenciado nesse mundo velho e sem porteira. Amar nunca foi meu forte, provavelmente por ter herdado a baixa autoestima da mãe e por não ter tido a valorização por parte do meu pai. O resultado foram escolhas muito erradas, em que fui intensa demais, esturricando meus parceiros num fogo doido e doído de paixão desenfreada, ou sendo eu a esturricada.

Convidamos cerca de cem pessoas para o casamento, e a cerimônia foi realizada por um amigo xamã, num sábado à tarde, na cantina de uma amiga italiana, em São Paulo. Muitos salgadinhos para lá e para cá, vinho branco e coquetéis, bolo tipo mil-folhas e, na entrada, uma pirâmide de duzentos bem-casados embrulhados com fitas verdes e medalhinhas de Santo Antônio. Eu estava com um vestido branco curto, com brilhinhos, comprado na seção de roupas para *réveillon* de uma loja na Avenida Paulista. Na cabeça, uma tiara de prata com asas nas laterais.

Escolhi esmalte vermelho para as unhas, e nem sei por que, já que eu tinha um estilo mais básico de ser.

O Biólogo vestia uma bata branca, calça preta, sapatos de bico quadrado e uma pulseirinha trazida do Tocantins. No começo da cerimônia, em frente a uma pequena fonte, no pátio externo do restaurante, colocamos coroas de rosas vermelhas na cabeça e fizemos saudações aos elementos da natureza. O telhado de vidro dessa parte do restaurante estava aberto e parecia que minha mãe, lá do céu, tinha chacoalhado as árvores, porque minúsculas folhinhas começaram a cair na gente ao som de "Eu vou cuidar, eu cuidarei dele / Eu vou cuidar do seu jardim", dos Titãs. Foi lindo! Mas essas cerimônias são engraçadas, elas acabam muito rápido e dão uma espécie de branco na gente. Então, passamos um pedaço da noite vendo as fotos do casamento que os amigos nos enviavam. Não, não dava para transar. Eu estava um bagaço por causa da sandália de salto nova que nós, mulheres, insistimos masoquisticamente em usar em tais ocasiões e que escangalha os nossos pés e a nossa coluna.

Uma semana depois, fomos para a lua de mel em Amantea, na Calábria, terra do meu avô que não conheci, mas de quem herdei a cidadania italiana e o nariz. Seu pai era sapateiro e veio, com a mulher, pisar em solos e solas brasileiros. Vovô tinha 3 anos na época, e tenho a certeza de que metade do meu medo de largar tudo e de me mudar para a Itália tinha a ver, energeticamente, com tudo o que aquele menino passou e sentiu vindo, tão pequeno, de navio para o Brasil.

Ele cresceu no interior de São Paulo, estudou muito e virou médico. Trabalhava nas madrugadas, em albergues, ajudando os pobres que mal tinham o que comer. Isso afetou meu pai, de certa forma, e, como uma fileira de dominós que vão desabando, um a um, afetou a mim também. Na ausência da figura paterna, o meu pai foi se fechando em uma concha invisível e desaprendeu – ou nunca aprendeu – as coisas ligadas ao amor. Na ausência do meu pai, cresci com a autoconfiança toda desengonçada. Com o naso grande e a língua afiada, procurei a figura paterna nos homens que pensei ter amado e que quase nunca me amaram.

Pela vida toda, tentei chamar a atenção paterna. Comprei presentes, escrevi poemas, artigos, ganhei prêmios, mas nunca estava bom ou não era o suficiente. E isso me custou muitos reais em sessões de terapia.

Quando conheci o Biólogo, cheguei a ter medo de estar retomando esse padrão. Mas ele era de uma doçura inigualável, e quando seus olhos cruzavam os meus eu podia sentir todo o amor e a paz que sempre busquei e que nunca havia imaginado que existisse.

    A gente conseguiu o dinheiro para a viagem de lua de mel graças a um site sacana e que me deixou com peso na consciência depois, porque as pessoas achavam que estavam nos dando presentes de casamento quando, na realidade, a página convertia para reais os objetos pretensamente comprados. Mas talvez os amigos nos absolvessem se vissem o tamanho da nossa felicidade João-Maria-em-frente-à-parede-de-doces em ir à Itália pela primeira vez.

3

Chegamos a Amantea de trem, depois de uma viagem de cinco horas via Roma. Era noite, não tinha vivalma na cidadezinha de 14 mil habitantes e, nessa época, não havia Google Maps. A única pessoa que encontramos na estação foi logo a mais engraçadinha.

– Por favor, sabe onde fica este hotel?

– Senhora, só pode ser para aquele lado, já que o mar fica para o outro – e gargalhou.

O sujeito saiu contando para alguns gatos pingados a resposta dele, como se fosse a piada mais engraçada do planeta. Acontece que, após a estação, havia uma rua que ia tanto para a direita quanto para a esquerda. Putz, que raiva! Mas chutamos certo e conseguimos chegar logo ao hotel.

O porteiro da noite era muito gentil, e acho que talvez a cidade nunca tivesse sido visitada por brasileiros – que costumam ir para os mesmos lugares de sempre: Roma, Toscana, Milão... Ele queria conversar sobre Ronaldo, o Fenômeno, e arriscava algumas palavras em espanhol. Sim, é normal o povo no exterior confundir e achar que a gente fala a mesma língua dos argentinos.

O dia seguinte estava lindo. O mar em três tons de azul nos deu as boas-vindas, e começamos a subir o morro para conhecer os locais mais turísticos. Na frente da igreja principal, uma senhora de roupa preta, apesar do calor, segurava um balde de flores para colocar no altar. Ela me viu e logo projetou em mim a filha que morava nos Estados Unidos. Levou a gente para a casa dela, serviu torta com café e encheu minha bolsa de limões-sicilianos. Acho que sou a única brasileira que não gosta de café, mas nem passou pela minha cabeça fazer desfeita para aquela mulher tão fofa e solitária. Só Deus sabe o sofrimento para engolir aquele líquido sagrado e amargo que era o diabo, e mesmo se um caminhão de suspiros caísse sobre ele, minha angústia não teria sido muito menor. Sacrilégio, eu sei.

Quando saímos de lá, peguei o celular, pouco me lixei para o *roaming* e liguei para o meu pai, no Brasil. "Estou na cidade do vovô", eu disse. Do outro lado da linha, correndo milhas e milhas a pé, a voz do meu pai alcançou meus ouvidos. Ele disse, emocionado: "Eu te amo, filha!". Sim, precisei vir para o outro lado do Atlântico para ouvir a frase que esperei a vida toda, mas ela veio. Poucos anos depois ele partiu, e escrevi um texto para o meu blog da época.

TEMOS QUE ENTERRAR NOSSOS MORTOS

Que dor tremenda é essa que chega chegando e nos empurra na água gelada quando perdemos alguém que importa?

Quando minha mãe se foi, até o teto do quarto do hospital chorou. Uma goteira se abriu do mais absoluto nada. Tive a sensação de estar à deriva em um barquinho de papel, em uma pororoca sem fim. Quando meu pai se foi, neste fim de semana, tive a sensação de que nem o barco eu tinha dessa vez. É um vazio nosso e de mais ninguém, e não adianta o amor dos amigos, do marido, nem dos animais.

Minha grande dor não foi a perda, foi ver o sofrimento de um velhinho que nunca se cuidou e que a vida veio cobrar tudo de uma vez no final. Foi ver a humilhação ao trocarem de fralda, na minha frente; o desamparo da minha irmã mais velha; a cabeça baixa do meu sobrinho no enterro; o choro sincero da minha prima; a voz aveludada da minha irmã do meio – quando tentava tranquilizá-lo nos momentos finais; a dor do outro neto – tão impotente – no Canadá.

Nesses dias finais, me reaproximei mais fisicamente dele, um oásis no deserto em uma relação cheia de tempestades de areia. Ousei ficar segurando a mão que nunca tive na infância, nem nunca em tempo algum, nem ao menos no meu casamento – que ele disse que não iria porque sabia que não ia durar. Tive um segundo de medo pensando que ele pudesse rejeitar esse contato. Insegurança da criança que acha que veio ao mundo para incomodar.

Agarrada à mão dele, quase no fim, me despedi com lágrimas e sem voz. Como a vida não deixa barato, estava tocando na rádio a música "Cold Water", de Damien Rice. Coincidentemente, era a escolha que sempre ouvia após as perdas do que chamamos de grandes amores.

Fria, fria água que me rodeia agora
E tudo o que tenho é sua mão
Senhor, você pode me ouvir agora?
Senhor, você pode me ouvir agora?
Senhor, você pode me ouvir agora?
Ou eu estou perdido?

Nesse momento – e mesmo ele sendo ateu –, rezei para Deus pegá-lo no colo e acompanhá-lo para junto da minha mãe. E depois fugi, como sempre fujo. Como fugi do último suspiro da avó e do último suspiro da mãe. Mas esses momentos sempre me alcançam e arrancam um choro vulcânico, que desmancha de uma só vez o nó de lava entalado na minha garganta.

Cheguei cedo ao velório, com meu marido. Meus irmãos estavam lá. Não convidamos ninguém de fora porque esse cansaço era nosso e de mais ninguém. Meu tio chegou às 2 a.m., contando coisas da personalidade forte do meu pai, dos carros chiques que amava. É legal quando alguém fala da pessoa no passado, revelando coisas de um homem que nem sei se conheci direito.

Chamei o Uber uma hora depois. Medo de olhar em um rosto tão familiar ao meu no caixão. Minha irmã mais velha perguntou se eu iria ao enterro – "não sei" – respondi. Ela disse: "Temos que enterrar nossos mortos". Fui embora sem virar para trás, sem vê-lo pela última vez, cambaleando de sono e de pedaços de emoções que não davam nem uma colcha de retalhos. No dia seguinte, fui ao enterro. O corpo cansado descendo ao lado da minha mãezinha. Nada foi dito. Senti falta de um padre, um rabino, um xamã que cortasse com a pá das palavras aquele silêncio tão doído. Mas minha ex-cunhada gritou agradecendo os queijos suíços que ele comprava, os bons momentos na casa de Campos do Jordão, as coisas irônicas que falava...

E foi assim que ao pó ele voltou e que senti inveja do luto judaico, em que a família fica toda junta. Vi meu irmão, irmãs e sobrinhos indo embora em dois carros. E fui ficando para trás e para trás e para trás, em uma manhã de sol, túmulos e tanta grama e dor pisoteadas.

E é aqui que encerro minhas palavras, junto à frase roubada da cova de alguém que um dia se chamou Ernesta: "Morrer é deixar tudo o que temos e carregar tudo o que somos".

4

Da janela do nosso hotel, na Calábria, vimos a noite cair como a cortina de veludo de um velho teatro. Apenas algumas luzinhas de barcos de pescadores no mar. Estávamos com fome. Ligamos para o restaurante que tinha o mesmo nome da minha mãe, situado em um antigo mosteiro cor-de-rosa, cravado no alto de um penhasco.

– Boa noite, gostaria de reservar uma mesa para dois, para as 21 horas.

– Pois não, senhora.

– Uma pergunta: é seguro ir para aí a pé à noite?

– Seguro? Sim, se a senhora colocar um sapato que não escorregue, porque ontem choveu e...

– Não, não, eu me refiro a assalto.

O silêncio do outro lado da linha foi o mais constrangedor de toda a minha existência. Fui deixada no vácuo da indignação suprema. Rapidamente eu me toquei e emendei:

– Ah, é que somos brasileiros, e o senhor sabe, somos traumatizados no quesito segurança.

– Ah, sim, não se preocupe. A Itália é um país muito tranquilo. Quer que eu vá buscá-los?

– Não precisa. Está tudo certo!

Depois de passar uma vergonha danada, subimos a interminável ladeira dando risada do fora, contemplando as cores das igrejas e moradias antigas e esbarrando em um ou outro gato à espera de ganhar um resto de peixe dos restaurantes. Amantea à noite parecia um presépio vista lá de baixo. A maioria das casas e das ruínas, em diferentes planos, fica iluminada com uma luz fosca amarela. Fora da temporada, não se vê quase ninguém, e é como se o presente e todo o passado dela ficassem ali, só para a gente: as estátuas de São Francisco de Assis, uma placa com um brasão de 1800, os degraus dos pequenos becos medievais, a porta com um barco à vela pintado à mão surrado pela maresia, as ruínas do que um dia foi um castelo, as antigas fontes de água talhadas no ferro, os restos de ladrilhos nas paredes, os misteriosos túneis escuros contrastando com o ateliê do artista búlgaro profeta das cores... nos fazendo companhia, cúmplices de um dos dias mais felizes da minha vida.

Brindamos com calma ao nosso amor e à nossa felicidade, com dois cálices de vinho, que refletiam suas luzes vermelhas no Tartufo di Pizzo.

Na hora de voltar ao hotel, fizemos a festa das criaturinhas felinas, que, perseverantes, ainda estavam por ali e, como nós, tiveram uma noite de glória.

Chegamos a São Paulo dois dias depois, com a certeza de que queríamos morar na Itália e de que passaríamos a vida inteira juntos. Ele na sua calmaria, e eu no meu corre-correzinho.

Ele, meu amigo, meu parça, que eu sabia que sempre estaria ao meu lado, rolasse o que rolasse. Mas a vida é um oceano sem boia, destino às vezes manso, às vezes "maremótico", que nos faz perder o pé, nos deixando à deriva, sem enxergar as luzes da terra mais próxima.

5

O casamento começou a degringolar quando algo parecido com uma bipolaridade começou a se instalar na nossa rotina. De repente, me vi casada com dois homens completamente diferentes. Um, gentil, de fala doce, compassivo, amoroso, amante dos animais e da natureza. O outro, vaidoso, egoísta, insensível e ligeiramente estúpido. Essa segunda personalidade provocava o pior em mim. Eu perdia a paciência, levantava o tom de voz e dizia coisas pesadas das quais sempre me arrependia. Esse outro surgia do nada ou era ativado pela minha personalidade, às vezes autoritária. É que o Biólogo já estava havia uns meses sem trabalho, e eu pedia a ele que fizesse algo simples, como lavar a louça, enquanto eu trabalhava on-line, como um camelo no deserto carregando turistas. E ele ficava enrolando e se embrenhava o dia todo pela internet, e as tarefas iam se acumulando. Aí eu dava uma dura, e acredite: tirar alguém do seu vício é comprar briga. E a relação muda de marido-e-mulher para mãe-autoritária-e-filho-rebelde. Uma bosta!

É muito difícil explicar por que temos dificuldade de nos separar de parceiros ou parceiras assim, com "duas personalidades". Acontece que gostamos da "pessoa 1", e, quando brigamos com a "pessoa 2", a primeira volta à cena, tão querida, e, por um momento, tudo parece estar bem de novo. Vou comparar com aquela cena de filmes de lobisomem, em que a polícia atira no lobo feroz e ele vai retomando a forma humana, bela, nua e indefesa. Então, os anos vão fazendo a sua parte, vão passando, e cada vez mais a gente se atola nessa areia movediça do amor alternado com desamor.

Mas, como diz um cartaz dos Alcoólicos Anônimos que vi uma vez na rua, "Chega um dia que chega", e o estresse da pandemia de covid-19 se encarregou de dar um fim a esse relacionamento montanha-russesco e ao nosso maior sonho: o de morar juntos na Itália.

Nos três meses que rolaram após o divórcio, a solidão me engoliu de uma vez só, sem mastigar e sem palitar os dentes, porque estávamos juntos fazia nove anos e porque a pandemia ainda estava braba. Como eu trabalhava de casa, não saía na rua, porque pediam às pessoas com asma que se preservassem. Os únicos humanos que eu via eram os porteiros, os entregadores de comida explorados e o casal de idosos que tomava sol no banco pelas manhãs, e, mesmo assim, mantendo distância dos porteiros e de mim. Por sorte, o prédio tinha um gramado bem grande, com três balanços na horizontal. Eu levava almofadas para me deitar em um deles e ficava para lá e para cá ao som de Dead Can Dance, em uma espécie de meditação transcendental. Nunca ninguém descia, e eu podia ficar sem a praga da máscara. Uma manhã ou outra, a vizinha da casa ao lado do prédio aparecia na janela para conversar. Era uma mulher de uns 50 anos, espanhola, que gostava de me contar o que estava fazendo para o almoço, e também dizer como estava a saúde da sogra acamada. Essa companhia teria sido melhor se ela não tivesse tantos passarinhos na gaiola. Eu não tinha como não me espelhar neles, coitados: presos em um lugar, sem poder sair, e vendo a vida correndo feito maratonista pelas ruas. Cruel.

Os fins de semana sem trabalhar e sem conversar com ninguém pareciam uma realidade paralela. Eu ficava horas na TV inteligente vendo um canal no YouTube onde a equipe ia caminhando, antes da pandemia, filmando várias cidades na Itália. Ou, então, assistia à câmera aberta 24 horas de um hotel em Veneza, que mostrava as poucas pessoas que se arriscavam a sair nas ruas, com seus cães, perto de um dos muitos canais da cidade.

6

Depois do divórcio e de passar a pandemia em São Paulo, fui morar no interior. Escolhi um lugar onde eu abrisse a janela e não visse prédios, ao contrário, dava de cara com um lago maravilhoso, vacas, galinhas e uma égua branca com um jeito de despreocupada. Nos dias de semana havia uma galera que praticava esporte em canoas estilo havaiano que, espelhadas na água, pareciam grandes jacarés que deslizavam carregando pessoas.

No final da tarde, eu ficava acompanhando o ritual do caseiro da fazenda, com seu chapéu de *cowboy* desbotado pelos anos trabalhando ao sol. Ele recolhia as vacas, acendia as luzes na sua casa, brincava com os vira-latas, que não largavam do seu pé nem por um segundo. Era tudo lindo e sempre igual, com exceção dos dias de churrasco com os amigos e alguns familiares. Ele vivia só e em paz naquela casinha tragada pelo escuro da noite.

Mas nem tudo era bucólico. Do meu apartamento, eu podia ouvir o galo cantar antes que a minha alma voltasse para o corpo, mas era um preço pequeno demais para se pagar para morar em um lugar onde o prédio da frente mais próximo ficava tão longe que só podia ser visto com binóculo.

Aos sábados, vinha a turma de cadeirantes e os voluntários, e a mágica acontecia: essas pessoas, sem movimento nas pernas, deslizavam para todo lado em caiaques coloridos, como num grito de liberdade. Era lindo e parecia sempre tão distante, como se eu enxergasse com os olhos de uma princesa ao avesso que morava na torre mais alta de um castelo de concreto e cuja solidão cuspia fogo pelas ventas. Mas um dia resolvi descer. Fingi que era para saber o preço da aula de caiaque, mas eu queria mesmo era concretizar o doloroso ritual de jogar minha aliança de casamento no lago.

O instrutor me recebeu, explicou como eram as aulas, e comecei a chorar. Não um choro desesperado, mas abafado, com lágrimas mornas atrofiadas pelo tempo.

– Posso ir ao lago fazer um lance?

– Sim, mas, seja o que for, faça com amor – ele respondeu.

Fiquei alguns minutos olhando para a água e pensando no meu casamento, no fim dele, agradeci todas as coisas boas que rolaram e atirei o anel, como a criança que atira a pedrinha na água esperando ricochetear.

– Civilizações futuras tentarão entender o que significava esse objeto no fundo do que um dia foi um lago e vai virar peça de museu – o instrutor riu.

E foi assim que comecei as minhas aulas na fazenda. Eu não nado lá muito bem. Fui a criança que ficava com os lábios roxos, tremendo de frio, na aula de natação do clube, e a professora me deixava secando ao sol, embrulhada em uma toalha. Todos os meus irmãos aprenderam a nadar, eu aprendi a me virar, o que não significa que eu ficasse tranquila cercada de água.

Na primeira vez que entrei no caiaque, aconteceu uma coisa louca: olhei para trás e vi um lago enorme, tão diferente do pequenino que eu observava da minha janela lá no alto. Agarrei a mão do professor e gritei:

– Não vou. Tenho medo!

– "O medo é a antítese da liberdade." Você pode decidir curtir esse dia maravilhoso remando ou voltar a ver da sua janela. Além do mais, esse salva-vidas não deixa afundar nem elefante, portanto você pode escolher entre se debater em um medo real ou em um imaginário.

Essa fala deu um clique no meu cérebro. Sobre, aliás, tantas outras coisas, inclusive as amarras que me impediram de ter ido morar antes na Itália. Soltei a mão dele e me embrenhei pelas águas, desviando de pequenos galhos. Esse passo, na verdade, remada, foi o início de alguns dos meses mais felizes da minha vida. O sol, a água, o esporte e a amizade com a turma cadeirante e com os voluntários foram, aos poucos, ajudando a soprar os machucados do meu divórcio. Mas a vontade de ir embora era maior do que tudo, e eu tinha resolvido ir de vez quando vi a triste cena dos ucranianos, fugindo da guerra com a Rússia, com uma mochila e, às vezes, nem isso. Me perguntei: o que estou esperando? E o que vão escrever na minha lápide quando eu morrer e não tiver realizado o meu maior sonho? "Amarelou"? Isso foi assustador.

7

O dia da viagem chegava cada vez mais perto, e eu entrei no modo "luto antecipatório". Antes de mudar de país, nossa mente vira um chiclete, um sambarilove de emoções: todos os medos do mundo, ansiedade, curiosidade, excitação, alegria, tristeza, culpa, desejos... Eu chorava quase todos os dias por tudo o que eu deixaria para trás, principalmente aquela felicidade que eu estava vivendo nos últimos meses com meus novos amigos.

Fui embolando trabalho junto com tudo o que eu devia fazer para a minha partida. Felizmente já tinha a cidadania italiana, mas faltava tanta coisa ainda: pintar o apê para devolver para a imobiliária, desfazer contratos de luz, gás, internet, me despedir dos amigos, dos irmãos, comprar remédios etc. E escolher o que levar em duas malas. Quarenta anos de vida em duas malas e tudo deixado para a última hora, como boa pessoa com déficit de atenção, atrapalhada e procrastinadora futebol clube.

Acabei fazendo algumas escolhas erradas, abrindo mão de coisas das quais me arrependo e trazendo outras que não precisava, mas é o que a falta de organização faz com a gente. O foco era mais nos meus casacos diferentões, meus broches da Cruz Vermelha – em que fui voluntária por anos –, alguns sapatos muito confortáveis, meia dúzia de fotos, panelas de cerâmica, acessórios favoritos, malha térmica, os cartões incríveis de despedida do pessoal do lago e de amigos mais íntimos e o urso feito com as roupas do meu sobrinho, de 30 anos, que havia falecido uma semana antes da pandemia. O bichinho foi presente da minha ex-cunhada e eu criei um Instagram para ele, como se o urso-sobrinho desse rolê por todo canto e registrasse na rede social suas andanças. A verdade é que nunca estamos preparados para a morte de um jovem.

Eu estava comendo pudim em um restaurante, quando uma das minhas irmãs ligou chorando para avisar que meu sobrinho morrera de AVC, esperando o Uber na porta do prédio. Pow! Assim, do nada. Além da boca instantaneamente seca, olhei para o meu marido com uma cara que o fez pedir a conta na hora, sem precisar de nenhuma palavra. Fazia alguns meses que eu havia feito um curso de "doula de fim de vida", no qual tive uma pincelada sobre o luto. Nunca imaginei, no entanto, que meu primeiro estágio seria tão rápido e com pessoas tão próximas a mim.

Esse dia se transformou em um dos mais densos filmes do gênero drama rachado em duas telas: a família do pai do meu sobrinho (meu irmão) e a família da mãe. Quando cheguei à casa onde estavam minhas irmãs, não havia sobrado um osso sequer na alma de qualquer uma delas. Eram mulheres que se curvavam de dor ao mesmo tempo, num choro gutural, que vinha das cavernas mais profundas e inexploradas das entranhas.

Eu fui meio idiota, não sabia muito o que fazer e fiquei parada olhando para elas como um soldadinho de chumbo, porque eu não conseguia sentir aquela dor, já que tinha uma visão diferente sobre a morte e já que, muitas vezes, a percepção da realidade para as pessoas que têm déficit de atenção é completamente diferente, como se víssemos tudo pela lente de um caleidoscópio. Mesmo assim, consegui me centrar e, com calma, abraçar quem estava estilhaçado. Meu irmão estava em outra cidade e nos comunicávamos, no WhatsApp, por *emojis* – como o do coração partido e o do rosto amarelo que deixa escapar uma só lágrima. Nessa hora, uma palavra errada pode furar a delicada bolha de sabão dos sentimentos à flor da pele. Mais tarde, fui ao prédio onde estava a família da mãe do meu sobrinho. Ele estava deitado no sofá do salão de festas, onde outrora se esbaldara em festas de aniversário. Estava lindo e coberto por uma manta, como se a mãe quisesse aquecer o filho nessa última travessia. Foi nessa hora, íntima e humana, que pude me despedir dele e que recebi a dura incumbência de vasculhar seus bolsos para pegar seus pertences.

A adrenalina é clemente. E, diante de tantas coisas práticas a se fazer, deixa a ficha pairando no ar. Ficha essa que eu sabia que em breve cairia, como a lâmina de uma guilhotina, no coração materno e dos familiares. Estudar sobre a morte me ensinou também a ver a beleza oculta nas coisas. Talvez isso soe estranho, mas, nesse baile de sofrimento, mesmo na pior das adversidades, consegui lembrar à mãe a maravilhosa jornada que ambos haviam feito juntos nos últimos dois anos, quando ele voltou muito confuso da Alemanha, onde fora estudar, e precisava encontrar um novo rumo. Por um mistério do destino, meu sobrinho se desculpou, por coisas do passado, com muitas pessoas e se confessou três dias antes de morrer, uma coisa rara para um jovem. É como se Deus, o Universo, a Grande Energia, o Cosmo – chame como quiser – estivessem preparando ele e a mãe para a hora de descer na última estação de embarque. Naquela noite, à espera do que se intitula desgraçadamente de "transporte de cadáveres", uma gata da rua, cinza e de olhos verdes, entrou no prédio. Ela ingressou no salão de festas e foi observá-lo. Foi enxotada delicadamente, voltou e fez o mesmo percurso. Os antigos egípcios acreditavam que os gatos tinham o poder de guiar a alma dos mortos para a eternidade.

Velório de gente jovem é triste ao quadrado. Metade dos amigos, em um canto escolhido, se afogando em lágrimas, e os mais velhos se consolando. É um casamento às avessas: tem padre, comida, gente que chora, gente que ri, gente que não vemos há muitos anos. Todos nos lembrando de que o tempo passa e a impermanência é "o cara" – mas todo mundo sabe que, no final, nosso vazio existencial será um "Pac-Man" devorando nosso coração. Mas isso também passará: a dor aguda vai encontrar um lugar de descanso, virará crônica e a saudade ficará dando *match* com todas as boas lembranças.

Não, caixão de jovem não deveria ser de madeira escura nem rodeado de flores. Deveria, sim, ser recheado de *games*, *skate*, celular, fones de ouvido... Essas coisas todas que compõem a alegria da vida dessa juventude zero transviada.

Meu sobrinho querido e companheiro de tantos "hehehes" no WhatsApp foi embora. Escrevi no blog: "'Quando eu morrer, filhinho, seja eu a criança e pega-me tu ao colo' e voa, parça, voa, o céu está aberto".

E uma das minhas irmãs emendou:

"O Belo se foi. Deixou para trás as cores confusas, o verão perdido, as ruas trôpegas, o espelho órfão, o ar escasso. Foi-se o brilho na sala, o calor do abraço, o olhar intenso, o carinho no enlace das mãos, a alegria da face. Deixou paixões atordoadas, os amores perplexos, os pares atônitos e seus anjos desnorteados. Nosso menino lindo está agora entre a copa das árvores, no som das chuvas, cachoeiras, riachos... está no frescor dos ventos, na beleza e no perfume das flores. No calor do sol e na luz das estrelas. Está sereno, doce e eterno no aconchego do coração de cada um de nós".

8

Um dia antes de pegar o avião São Paulo–Roma, dei um mau jeito lascado na lombar. Freud explica. Por sorte, a aeronave não estava lotada e me deixaram ficar numa fileira inteira vazia para poder viajar com mais conforto diante da situação. A tripulação era muito gente boa e não estava viciada em seguir regras engessadas.

Depois de algumas horas de voo, assistindo a um filme italiano, eu ouvi um estrondo e gritei:

– Caralho!

Um passageiro começou a olhar para o outro com aquela cara de "Me diz, por favor, que não vou morrer", enquanto as aeromoças corriam até a cabine, sem entender o que tinha acontecido. Uma coisa eu aprendi voando para tantos lugares: aeromoça correndo, putz... não é bom sinal. Se a gente reparar bem, pode ter turbulência à vontade que elas, geralmente, não se abalam. Então, ao contrário do que as pessoas costumam relatar, minha vida não passou na cabeça como um filme. Meu cérebro se dividiu em dois: o que achava que o avião ia cair, e eu sobreviveria, e o que achava que o avião ia cair e eu iria para o saco. Metade dos neurônios estava tentando lembrar o que havia na mochila que ajudasse na minha sobrevivência: barra de cereal, um minicanivete que passa no raio X do aeroporto, um par de meias extras, lanterna, um metalzinho de fazer fogo e uma... Cristo! A bússola não estava! Eu tinha presenteado com ela um ex-diretor de um trabalho, e hoje amigo, em uma reunião no México. Além do mais, não teria a menor ideia do que fazer com ela. E o que é pior: o meu urso encardido – talismã de viagens – estava na mala de mão, no bagageiro, acima da poltrona, e certamente não daria tempo de pegá-lo enquanto o avião estivesse mergulhando na Ilha de Lost ou sabe-se lá onde. Sim, tenho 40 anos e carrego um ursinho de pelúcia estropiado nas viagens. Obviamente é um objeto transicional que deveria ter ficado na infância, mas que por alguma rachadura emocional me acompanha até os dias de hoje, dando uma sensação de segurança, a mesma emoção que eu sentia quando via, às escondidas, os filmes do Drácula, com Christopher Lee, agarrada a ele.

A parte dos neurônios mais pessimista ficou pensando se a empresa para a qual eu prestava serviço iria se encarregar do funeral, caso achassem meu corpo, e se eu deveria pular para a cadeira ao lado do italiano bonitão, que meu radar já tinha detectado, para segurar a mão dele, já que a hipótese de morrer sozinha, no meio de uma fileira vazia, parecia bem ruim. Dez minutos depois (que pareceram aqueles filmes sobre Hamlet que nunca acabam), ficamos sabendo que um raio acertara em cheio o avião, mas que nada tinha acontecido, graças a um físico inglês chamado Michael Faraday. Diz a lenda que ele teria colocado o filho recém-nascido em uma gaiola metálica e dado uma descarga elétrica, de milhares de volts, para provar que sua teoria de proteção aos aviões estava certa. O menino, em tese, saiu são e salvo. E nós – ufa! – também.

O acontecimento virou o assunto do dia no aeroplano, e a turma de trás jurava ter visto uma bola de fogo. Mas depois, como bons brasileiros, já estávamos rindo da situação, e provavelmente viraria meme no Insta. Mas que o orifício piscou, piscou.

9

Chegar sozinha a um novo país, depois de um casamento longo cujo plano era mudarmos juntos para lá, é ser presa fácil para a solidão. E cá estávamos de novo, nós duas, a solidão e eu, cara a cara, e com mau hálito. Eu pensei na senhora que levava flores à igreja, em Amantea, e já me via, dali a trinta anos, escolhendo flores para o altar da basílica do bairro onde eu estivesse morando.

Sim, a "sozinhez" é a praga atual do planeta. Quando trabalhamos sozinhos em casa, é solidão. Quando sofremos *bullying*, é solidão. Quando traímos, é solidão. Quando somos despedidos, é solidão. Quando perdemos pessoas na enchente, é solidão. Quando temos medo de largar um emprego ruim, é solidão. Quando adotamos um cãozinho, é solidão. Quando envelhecemos, é solidão. Quando pensamos que temos quinhentos amigos, é solidão. Quando queremos *like*, é solidão. Quando sofremos preconceito, é solidão. Quando estamos casados e sentimos um vazio, é solidão. E por aí vai.

A cidade escolhida para morar no começo foi nada mais, nada menos que Roma. E foi aí que a saga da desilusão com a humanidade começou. Reservei, em um site, um apartamento pequeno, por dois meses, para pensar se moraria lá ou em outro dos oito mil maravilhosos municípios italianos. Sem dúvida, uma das decisões mais difíceis do mundo. Quando cheguei, de mala e cuia, toquei a campainha para conhecer o proprietário e pegar as chaves, mas quem abriu a porta não foi o proprietário, e, sim, um casal de romanos idosos que não estava entendendo absolutamente nada do que estava acontecendo. Foi quando percebi que o site havia sido clonado e que eu acabara de cair no maior golpe da minha vida e perdido um saco de euros para um pilantra que eu esperava que ardesse no mármore do inferno.

Comecei a chorar. Um misto de cansaço da viagem com uma baldada de água gelada na cabeça. O casal não sabia o que fazer para que eu me sentisse melhor. A sensação de desamparo me atropelou de frente, deu ré e passou por cima de novo. Lembrei da fala de um professor universitário, mais ou menos assim: "Desamparo é uma questão que chega para as pessoas de surpresa. Na infância, nossos pais nos fazem acreditar que somos o centro do universo, de que estamos protegidos de tudo e de todos. Depois, descobrimos que as coisas são muito diferentes, que somos seres finitos, que o melhor e o pior podem acontecer a qualquer instante e que todo o mal pode aparecer de uma hora para a outra. Achávamos que éramos o centro do universo, e a vida se encarrega de mostrar que não é nada disso. Subitamente, nos vemos sem chão, e é nessa hora que aparece um buraco nas garantias do mundo, mas isso também quer dizer que nós agora somos livres. Ou seja, nossa relação com o desamparo pode ser desesperadora, mas pode ser a chance que temos de finalmente respirar e tomar as rédeas da vida, sem projetar em pessoas, profetas ou políticos protetores e salvadores..."

Quando consegui me acalmar um pouco, liguei para o site, que, claro, não pôde fazer nada a não ser tentar alertar ainda mais os usuários dos golpes que estavam rolando.

A cena era muito deprimente: eu, sentada na poltrona da casa de dois senhores desconhecidos, com o celular em uma mão e um copo de suco de romã na outra, com rinite de nervoso, descabelada e sem dinheiro. Eles ficaram com tanta pena que ligaram para uma amiga, e essa mulher – heroína – conseguiu me arrumar um quarto em um apartamento grandão, em um bairro residencial perto do Vaticano, por um preço que daria para eu pagar, atacando minhas economias.

Lá moravam também duas mulheres da minha idade – uma ucraniana e uma romena, com personalidades completamente diferentes – e uma gatinha, já de idade, que oscilava entre me amar e reencarnar o Jason, do filme *Sexta-feira 13*, se eu tocasse um milímetro errado do seu corpo. Todos os espaços de todas as paredes desse apartamento eram preenchidos por quadros ou pratos. Todos! Depois, percebi que isso era a forma como a senhora, antiga dona do local, lidava com o luto e preenchia o vazio da morte da filha, que havia se acidentado aos 20 anos de idade.

Meu quarto era amplo, mas ainda tinha umas cestas de costura que haviam pertencido a essa senhora, que tinha morrido dois anos antes, exatamente no sofá em que eu gostava de sentar e fingir para mim mesma que estava estudando italiano, quando nunca passava da primeira página. Mas o convívio com as mulheres, que falavam superbem a língua, deu uma boa acelerada no idioma, e eu já conseguia manter algo como um diálogo, improvisando e chutando muitas palavras, o que acabava dando certo, pela similaridade com o português. O espaço também funcionava como uma espécie de *reality show* afetivo, porque eu assistia, de camarote, ao jeito como ambas chegavam cansadas do trabalho e se viravam nos trinta para ficar lindas para os namorados, à noite, e com o frescor de quem havia acabado de despertar de uma noite de sono. Nossa! Quantas vezes eu também havia feito a mesma coisa e, em muitos casos, em troca de migalhas de amor. Era ruim não ter alguém na Itália, mas também não era tão ruim desfrutar um pouco da sombra, paz e água fresca da solteirice.

Eu virei uma espécie de "Suíça" na casa, um território neutro, porque elas não se falavam muito, provavelmente por causa da diferença gritante de personalidade. A ucraniana, super-reservada, professora de italiano na universidade, mas que, de repente, começava a cantar um samba em português e me puxava para dançar com ela. Deus me livre, porque eu nunca soube fazer um passo de samba sequer e rolava uma desengonçadice extraordinária. Ela, com quase um metro e oitenta de altura, e eu, com um metro e meio.

Os pais e amigos dela estavam em Kiev, e pela primeira vez conheci uma pessoa que estava diretamente passando por uma guerra. Havia dias em que ela não queria muita conversa, o que era absolutamente compreensível. Menos para a minha carência.

Essa professora estava sempre correndo e, muitas vezes, se alimentava em pé, com qualquer coisa que se parecesse com comida. Eu ficava horrorizada, porque achava que na Itália o povo fazia tudo devagar. Mas na grande cidade não era bem assim, e me lembrava muito São Paulo.

Aprendi muitas coisas com ela, principalmente a não julgar as pessoas, porque às vezes ela chegava de táxi, às 3 da manhã, e eu ficava construindo teorias da conspiração, pensando se ela não seria uma espiã ucraniana, sendo que, depois, descobri que ela ficava no hospital com um amigo que estava nas últimas.

Já a romena gostava de cozinhar e era uma deusa na cozinha. Trabalhava perto do apartamento e, na hora do almoço ou do jantar, fazia uma guacamole e um *homus*, aquela pasta de grão-de-bico árabe, melhor que de muitos restaurantes. Sem falar nas receitas italianas, simples e incríveis. Ela mandava ver nos legumes e me convencia a comê-los. Eu tive toda a chance de aprender a cozinhar nessa casa, mas fugia como o diabo da cruz, como, aliás, de tudo que exigia organização e disciplina. Quando eu tentava cozinhar algo, em São Paulo, ficava nervosa e acabava usando um monte de panelas, talheres e pratos, que me dava um desgosto imenso ter que lavar depois. Estabanada da Silva, não tinha uma semana que eu não quebrasse um prato ou que fizesse voar água pela casa, esbarrando em copos deixados por mim mesma no chão.

Tive momentos divertidíssimos com a romena e o noivo, principalmente no dia em que fomos a um restaurante típico, em que jantei um banquete e dancei como se não houvesse amanhã com uns romenos jovens muito bonitinhos e embriagados.

O único problema do apartamento era o dono, filho da senhora falecida. Ele até que era um cara legal, com um filho pequeno superinteligente, mas tinha mania de chegar ao apartamento sem avisar, inclusive aos domingos, e isso me deixava de cabelo em pé, porque eu queria ficar de pijama, fazer ioga na sala, e tinha que me contentar com o quarto, porque ele dormia no "meu sofá", vendo televisão. Talvez o vínculo com a mãe nunca tivesse se rompido, mas, um dia, acabei dando um toque – e isso, certamente, me causou a expulsão do apartamento, e em um momento desgraçado para fazer qualquer coisa na Itália: agosto e seu feriado "Ferragosto", mês de um calor saariano, em que todo mundo fecha suas lojas (e, obviamente, as imobiliárias) e se manda ou para as montanhas ou para a praia. E, naquela altura do campeonato, eu já planejava mesmo me mudar para Bérgamo, mas isso fica para mais adiante.

10

Ter morado em Roma uns meses, e como porta de entrada para minha nova vida, foi uma das maiores bênçãos que alguém que se muda para a Itália pode ter, mesmo tendo sido enganada por um filho da puta.

A cidade é dona de uma beleza indecifrável e não se resume, nem de longe, aos pontos turísticos. Cada quarteirão é uma caixa de Pandora às avessas, presenteando os olhos com as mais diversas sensações. Consegui explorar bastante a cidade; em grupo, com guia turístico, ou com um arqueólogo brasileiro que descobri no Google. Nos fins de semana, conectava o celular com um amigão, que morava no Brasil, e ficávamos horas dando rolê juntos, on-line, passeando por Roma, e aprendi toneladas de coisas, porque ele é o cara mais curioso da face da Terra.

Nosso lugar favorito era a Piazza Argentina, onde, escondido, existe um santuário de gatos, uma ONG que cuida dos felinos que ficam esparramados pelas ruínas. E aonde eu sempre ia levar um pouco de comida e voltava com uma rinite lascada.

A ideia era fugir um pouco do mesmismo, e foi assim que conheci lugares incríveis, como a cripta recheada de crânios; o lago da Villa Borghese; o Domus Aurea – reconstruído por meio de projeções de *slides* –, onde um terremoto pegou uma rica família desprevenida jantando; o Palácio Doria Pamphilj; as catacumbas onde os católicos rezavam missa às escondidas – e onde eu quase tive um ataque de claustrofobia; o *bunker* da Segunda Guerra, em Balduina; o misterioso bairro Coppedè;

e o Portal Mágico de Massimiliano Palombara. Sem contar as tantas vezes que nos perdemos pelas ruelas de Trastevere... e a última noite, para fechar com chave de ouro: assistir à ópera *La Traviata* nas Termas de Caracalla.

Eu nunca esquecerei Roma e a música do jovem pianista, vizinho ao nosso apartamento, responsável pelos melhores cafés da manhã da minha vida. E jamais esquecerei o casal de idosos que me ajudou quando caí no golpe, a amiga heroica deles, que eu chamava de "Mamma", a ucraniana e a romena; e até a gata-Edward-Mãos-de-Tesoura que me dava cada susto, porque estava em um lugar e, bastava eu piscar o olho, já estava em outro.

11

Quando eu ainda estava em Roma, entrei para um grupo de WhatsApp de ítalo-brasileiros, originado do curso de um empresário que dava toques para quem quisesse trabalhar na Itália. Uma das pessoas do grupo me chamou a atenção: era um advogado, mais ou menos da minha idade, muito culto e inteligente, que morava em uma cidade chamada Bérgamo. Eu nunca tinha ouvido falar desse lugar, que ficava apenas a 40 quilômetros da famosa Milão. Resolvi conhecê-lo pessoalmente e acabamos ficando amigos.

De Roma fui para Milão, em um dia de final de campeonato de futebol, e uma multidão de torcedores da Inter andava pelas ruas cantando o hino do time. A vibração era incrível, apesar da minha tensão, porque o centro de Milão, entre outros, é conhecido pelos batedores de carteira, os famosos *pickpockets*. Passei um dia lá, mas só deu tempo de visitar a estonteante catedral, o Castelo Sforzesco, que fica perto do centro, e um café onde se pode fazer carinho nos gatos que moram ali. No dia seguinte, depois de um banho gelado, porque a dona do apartamento havia se esquecido de ligar a calefação, fui de trem para Bérgamo, e meu queixo caiu ali mesmo, ao sair da estação. As antigas construções da *Città Alta* pareciam deuses me olhando do Olimpo, sussurrando como fariam para me dar asas para que eu chegasse mais rápido lá em cima. Na hora, senti um amor inexplicável por essa cidade.

Me encontrei com meu amigo advogado e sua mulher e fui conhecer as duas metades um pouco mais a fundo: a Cidade Baixa, com suas lindas praças e pequenos prédios coloridos, onde o presente e o passado se entendiam perfeitamente, e a Cidade Alta, rodeada por muralhas venezianas, como um colar de cobre envelhecido, e abençoada com uma vista deslumbrante.

Fiquei enfeitiçada por essa parte medieval absolutamente única: Piazza Mascheroni, contrastando com a escultura circular de metal, que reflete a paisagem e até a alma da gente; a Torre do Sino; o relógio de sol no chão; a Basílica de Santa Maria Maggiore; a biblioteca...

Meu amigo não era só advogado, era também intermediário, tentando ajudar os ítalo-brasileiros a alugar casa ou apartamento. A Itália, assim como muitos países da Europa, estava com crise de moradia. Alguns proprietários mantinham os apartamentos vazios, outros preferiam oferecer aluguéis temporários, outros não aceitavam estrangeiros, ou crianças, ou animais... A coisa estava bem difícil. O fato de ele dar essa mãozinha foi mais um fator para a minha decisão de me mudar para lá. Em agosto, deixei de mala e cuia a Cidade Eterna – mais mala do que cuia, porque muita coisa que eu havia comprado acabei doando para a comunidade brasileira, já que não conseguiria carregar várias malas no trem. Além disso, a única vez que fiz um anúncio – uma cadeira de escritório, em um site –, um possível comprador disse que queria se mudar comigo, sem nem me conhecer. É inacreditável o que tem de maluco neste mundo. Acabei ficando com medo e doando coisas que tive que comprar depois: mesinha de computador, cobertores, coisas para a cozinha e mais uns outros itens.

12

A chegada a Bérgamo não foi em Bérgamo, foi em Sabbio, a sete quilômetros de distância, porque em mês de férias é muito difícil alugar qualquer coisa. Meu novo amigo, advogado e intermediário, conseguiu um *monolocale* (quitinete) temporário, com balcão, na rua de uma das igrejas, administrado por um casal de italianos muito gente boa. O lugar, um bairro de Dalmine, era um charme. Meu apartamentinho ficava perto da mercearia, cujo dono sabia o nome de todo mundo que entrava; de um supermercado simples; de um monumento com canhões, em homenagem aos soldados mortos nas duas Grandes Guerras; e do Burger King.

Comprei uma bicicleta no dia seguinte e finalmente aprendi a pedalar, porque as pessoas respeitavam e porque o terreno era bem plano. Sim, fui criança de apartamento em cidade grande e andava toda desengonçada de bicicleta no *playground* pequeno. Com exceção de uma senhora que olhava meio atravessado para os imigrantes, as pessoas foram muito acolhedoras, principalmente os vizinhos. Na porta da frente morava um casal com um filho adolescente autista, dono de um gosto musical extraordinário e que ouvia música a altos brados, e isso às vezes incomodava a vizinhança, que chamava a polícia. Mas o policial sempre ficava do lado dele. Eu adorava esse menino. Ele sempre se sentia feliz em me ver e me abraçava. Abraço era artigo raro em Roma e na Lombardia, talvez na Itália toda, já que as pessoas não tinham esse costume de se entregar aos braços dos outros como nós, latinos. Eu até diria que importei o *abbraccio brasiliano*, que os italianos achavam muito estranho no começo e depois pediam para ganhar. Acabei resolvendo o problema do menino, dando-lhe de presente um par de fones de ouvido. Pois é, uma solução tão simples...

Nos poucos meses em que morei lá, fui muito feliz. Dava muito rolê de bicicleta, ficava contemplando as montanhas bergamascas, passeava no Museu do Presépio, caía matando nas sorveterias artesanais e nadava na piscina comunitária. No silêncio da noite, eu podia ouvir o barulho da fábrica de metais vizinha de casa. A manipulação do aço soava como um gongo budista gigante e, de certa forma, me fazia companhia, pois eu sabia que também havia gente acordada àquela hora e por perto. O problema era a manhã seguinte. O padre da igreja, ao lado de casa, tinha complexo de Apple Watch, o relógio de pulso modernoso, e tocava o sino de uma em uma hora, até menos, a partir das 7 da matina. E isso incluía os domingos.

Mesmo assim, foi doloroso sair de lá. Sempre abala, afinal, acabamos criando vínculos com as pessoas, principalmente quando se está sozinha e carente, e fica sempre aquela sensação de que na vida estamos sentados à janela de um trem e as coisas vão passando e passando.

Felizmente, no meu lugar ficou uma moça que estava esperando a cidadania e que também tinha caído em uma espécie de golpe, morado em um imóvel completamente diferente do que a assessoria havia prometido, caindo aos pedaços, e ficara um mês (!) sem gás e sem eletricidade, o que me fez perder ainda mais a fé na humanidade.

13

Eu poderia ter esperado mais para sair de Sabbio, mas apareceu outro *monolocale* aconchegante, anunciado por um dono de imobiliária com um coração enorme, no centro de Bérgamo, e me mudei correndo. Eu deveria ter tido mais calma, porque não era bem aquilo que eu estava procurando. Não tinha varanda como o outro e dava para a lateral de um casarão. De repente, me vi sozinha e sem nenhum vizinho para conversar ou rua para ver algum movimento. Para falar a verdade, havia um jovem albanês do lado esquerdo, muito fofo, que nunca parava em casa, e um senhor, do lado direito, que ficava demais em casa e costumava repetir sempre as mesmas palavras na madrugada, como uma espécie de reza.

Fiquei muito sem graça de avisar que eu não ficaria, porque o dono havia pintado e arrumado o *monolocale* com muito carinho, mas, logo em seguida, um casal, com uma gatinha, alugou o lugar e eu me mudei para um *bilocale* (apartamento com quarto separado da sala), indicado pelo intermediário. Ficava em uma rua medieval, na Cidade Baixa, que outrora fez parte do trajeto para Veneza, e onde eu poderia jurar que Harry Potter e Dumbledore apareceriam a qualquer momento.

O apartamento era dentro de um *cortile* (vários apartamentos que dão para um pátio interno), de três andares, com uma entrada escura de pedras medievais, que lembrava a Batcaverna, onde as carroças entravam no passado. Muitos ítalo-brasileiros, antes de mim, não quiseram alugar porque sentiram medo. E eu achei a coisa mais linda do mundo.

A arquitetura do *cortile* formava um quadrado, e os apartamentos, com varanda, davam para um pátio, onde ficavam as bicicletas, e, se eu estava reclamando que não tinha vizinhos, agora havia vários, e adorava. Do lado direito morava uma calabresa viúva, com uma filha grande, que me adotou logo de cara, porque percebeu que meu forte não era cozinhar, e sempre me levava alguma coisinha para comer. A maioria dos outros moradores era de jovens recém-casados ou de pequenas famílias de imigrantes, e no primeiro andar ficava um casal de idosos que se divertia quando eu tentava imitar o dialeto bergamasco.

À noite, as luzes amarelas se embrenhavam no *cortile*, e depois da meia-noite não se ouvia ninguém, a não ser o som de um pássaro notívago misterioso. Eu gostava de andar pelos corredores na madrugada e, um dia, vi, de cima, uma mulher de cabelos compridos e penhoar esvoaçante de seda vermelha. Ela levou garrafas até a lata de lixo do pátio e, na volta, parecia andar em câmera lenta. Sentiu minha presença, virou-se para trás, sorriu e acenou. Foi uma cena linda, como no filme *Beleza americana*.

Em outro bairro, mais distante de casa, havia o dono de uma loja de roupas ruivo, muito descolado, da minha idade, e eu sempre brincava com ele, chamando-o de bonitão. Era a minha loja favorita, e ele um dia me convidou para trabalhar lá, para que eu pudesse começar a ganhar dinheiro na Itália. Fiquei superfeliz, e, quando eu estava aprendendo a mexer no caixa, ele me deu uma *scullacciata*, vulgo tapa no traseiro. Fiquei indignada, não só pelo gesto, mas porque ele não fazia ideia de por que não poderia ter feito aquilo. Talvez a maioria das mulheres tivesse dado um tapa na cara dele, mas, como fui criada com os meninos, meti-lhe um chute na canela, e de bota. Depois, li na internet que tinha havido uma polêmica muito grande na Itália, porque um zelador de escola que tocara as partes íntimas de uma aluna de 17 anos foi inocentado por um juiz, porque a ação criminosa teria durado menos de dez segundos e, portanto, não poderia ser configurada como assédio sexual. Essa história teve repercussão no mundo inteiro e ajudava a entender o motivo pelo qual alguns homens ainda tinham esse tipo de mentalidade machista como a do dono da loja.

Nunca mais voltei lá, e essa foi a gota d'água para querer me afastar dos vivos e começar a passar mais horas com os animais e com os falecidos, no Cimitero Monumentale di Bergamo. Me inscrevi em um site de *pet sitter* para levantar grana para pagar o aluguel e comecei uma nova fase na minha vida. E que fase...

14

Eu estava observando a rosa que havia caído do túmulo do senhor de bigode, quando comecei a ver uma neblina laranja fraquinha. Já pensei que era radioativa, escapada de alguma fábrica. É isso que dá ver tanto filme, principalmente *Chernobyl*.

– Oi!

Ouvi alguém muito perto de mim me cumprimentando e, quando cheguei mais perto, vi um mocinho lindo, de uns vinte anos.

– Oi! Precisa de algo? – perguntei, tocando no ombro dele, mas o ombro não tinha ombro e minha mão atravessou aquele "corpo". Levei um tremendo susto e caí de bunda, lembrando que eu tinha um cóccix.

– Não precisa ter medo, você vai me ver por aqui outras vezes.

– Um fantasma? Você é um fantasma?

– É, né?

– Não é pegadinha?

Ele riu alto.

– Eu que morri ou foi você?

Ele riu mais alto ainda.

– Calma, fui eu.

Fiquei olhando para os lados para ver qual seria minha rota de fuga, como se fosse possível fugir de um *ghost*.

– E por que estou te vendo? Não sou médium nem nada.

– Tem certeza?

– Tenho! – respondi, na lata.

– Então, vou te refrescar a memória. Lembra quando você tinha 3 anos, naquela casa na Rua Bahia, em São Paulo? Que você se via voando pela casa? Via a escada de madeira, a sala, tudo de cima?

– Lembro! Era sonho!

– Não, era viagem astral. Sua alma passeando, e você recorda até hoje. A maioria das pessoas nem lembra.

Fiquei meio incrédula, mas ele continuou:

– E quando você se hospedou em Tremembé e viu a silhueta daquele monge com capuz abrir a porta do seu quarto, olhar para você e sair...

– Sonho!

– Não mesmo! Você sabia que aquele hotel-fazenda tinha sido um mosteiro de monges franceses?

– Jura?

Ai, Jesus, lá estava eu, no meio de um cemitério na Itália, perguntando a um fantasma se ele jurava por Deus.

– Juro! – ele respondeu, morrendo de rir, embora já estivesse morto.

– E aquela jovem, com saída de banho e toda molhada, que você viu na porta do seu quarto, em Roma, tentando se comunicar e olhando maliciosamente para o seu marido, na lua de mel, enquanto ele estava dormindo?

– Eita! Mediunidade?

– Sim!

– É, aquilo foi estranho mesmo. Mas eu sou católica, tenho até a estátua do Padre Pio. Quer dizer, um pouco católica, mas minha mãe era mega.

– Não tem nada a ver. Além disso, a sua mãe também era médium, via pessoas sentadas na cama dela quando estava doente, mas nunca teve coragem de falar pra ninguém. Assim como você, porque tem muito mais lembranças desse tipo, né?

Fiquei em silêncio por alguns minutos, pensando em algumas coisas do gênero.

– Mas, vem cá, como você sabe de tudo isso?

– Sabendo, ué!

Fiquei olhando para aquele mocinho de cabelos e olhos castanhos, de calça preta e camiseta cinza, descalço, debochado, que lembrava muito meu sobrinho, e fiquei pensando que só o que me faltava mesmo na vida era ver *ghost*.

– O que mais você sabe?
– Muita coisa!
– Por exemplo?
– Que você range os dentes e trava o maxilar quando está com raiva.
Olhei para ele com cara de "melhor parar por aí".
– Olha, eu achei muito legal conhecer você, mas eu não sei se é muito a minha praia ficar vendo espírito, porque, se eu for médium mesmo, é do tipo meia-boca, e acho melhor deixar essa função para os mais entendidos. E eu não sei por que estou te vendo. É porque você precisa achar quem te matou ou algo assim, e quer minha ajuda, como nos filmes?

Aí que ele riu alto mesmo, e eu, idiota, fiquei olhando para os lados para ver se não tinha chamado a atenção de ninguém, mas, na real, era para ver se não tinha ninguém me vendo falar sozinha, já que, em tese, ninguém estaria vendo o mocinho, muito menos a neblina laranja, que, aliás, já tinha se dissipado.

– Não se preocupe, você vai entender mais pra frente.

E, do jeito que apareceu, ele foi embora. E eu, com a rosa do túmulo do senhor de bigode na mão, sem ter a menor ideia de como ela tinha ido parar lá, e sem entender nada do que estava acontecendo. Não sabia se corria para contar para os porteiros do cemitério ou se saía de fininho, porque, afinal, poderia ter sido só uma, uma, uma... Sabe-se lá Deus o quê.

Olhei para a cara dos poucos visitantes que estavam no cemitério, a maioria de idade, visitando pessoas queridas, para ver se alguém tinha visto algo estranho, e nada! Ou sei lá, talvez espírito também tivesse aquela coisa do filme *Homens de preto*, em que eles fazem as pessoas esquecerem o que tinham visto ou, então, ninguém ligasse caso eu estivesse falando sozinha. Tudo parecia absolutamente normal, não fosse pelo fato de eu ter conversado com um fantasma, que, ainda por cima, ficava tirando sarro da minha cara.

Fui para casa tentando esquecer o assunto. A gente sempre acha que a resposta para as coisas estranhas da vida é acreditar que está ficando maluco. Mesmo assim, abri o armário e olhei embaixo da cama, para ter certeza de que eu estava sozinha e de que não teria que dividir meu *tagliatelle* com ninguém sem carne e sem osso.

15

Fiquei dois dias sem ir ao cemitério, refletindo sobre o acontecimento. O porteiro Moreno até estranhou e perguntou se eu tinha pegado gripe ou algo assim. Eu costumava conversar mais com ele, porque o Loiro era mais na dele.

– Não, não. São clientes novos querendo que eu cuide dos cãezinhos. E dinheiro não dá para recusar, né?

– Ah, que bom, bem-vinda de volta, então.

Ele foi se servir de café e eu fui entrando no Monumentale, olhando bem para os lados, para ver se a miragem, *ghost*, ilusão, efeito de muito glúten, não aparecia de novo. E não apareceu. Por um lado, eu agradeci aos céus, por outro, tinha uma certa curiosidade de saber por que tinha sido, digamos, agraciada (ou não!) com o dom de ver alguém de outro plano, e ainda por cima alguém que lembrava tanto meu sobrinho querido.

Os dias seguintes rolaram normais, fazendo alguns trabalhinhos como voluntária no cemitério: uma vassourada aqui, outra ali. Às vezes, eu colocava uma flor de plástico, comprada no chinês, na lápide de quem não tinha nada e que, por algum motivo, ou tinha sido esquecido, ou os parentes tinham se mudado para outro lugar, ou também estavam mortos. De certa forma, a solidão de quem estava ali, abandonado, mexia com a minha própria. Aliás, muita coisa mexia com a minha solidão, e eu estava começando a achar que a coisa virara crônica e que eu deveria procurar um psicólogo. É, eu realmente estava numa fase de descrédito em relação aos humanos, talvez até do próprio sentido da vida, e isso não era nada bom. Eu estava me sentindo, de novo, muito desamparada. E foi só eu completar esse pensamento baixo-astral que uma neblina começou a se formar. Desta vez era vermelha.

– É você, mocinho?

A visão que eu tive naquela tarde jamais esquecerei. Uma mulher de pele preta, ruiva, de cabelos longos e olhos de uma cor indefinida, como os dos lobos, atravessou uma lápide de mãos dadas com dois gêmeos idênticos, de uns 15 anos, ambos também ruivos e com a mesma cor de olhos. Eram altos, magros, e os três estavam vestidos com roupas de seda verde e descalços. Era a seda mais brilhante do mundo. Havia uma elegância, uma sofisticação na postura, como se estivessem desfilando pelo cemitério. Tudo parecia, sei lá, uma cena de *Sonho de uma noite de verão* ou de um filme de Tim Burton.

Ela olhou para mim e perguntou:

– Por que você se veste assim?

Nessa altura do campeonato, eu já nem tinha mais medo, ao contrário, estava tentando entender o propósito dessa coisa toda doida. Se é que tinha algum.

– Assim como?

– Como um rapaz.

Engoli em seco. Essa fala me fez voltar ao tempo em que eu ia às matinês de Carnaval do clube vestida de caubói. As meninas vinham me perguntar se eu era menino ou menina, e eu ficava muito brava com isso. Mas eu adorava vestir botas, culotes de montaria, camiseta, colete e um chapéu de feltro da loja de brinquedos do shopping center. Talvez porque o meu irmão mais velho sempre tivesse sido meu ídolo. Eu era grudada nele: jogávamos futebol de botão, pebolim, brincávamos de autorama, forte apache. Eu detestava bonecas e achava o universo masculino bem mais interessante, mas essa fase não durou muito tempo, porque comecei a fazer dança do ventre, e o feminino foi tomando conta e fui me identificando com outras coisas e, finalmente, entendendo a importância da amizade com mulheres. Mas, durante a pandemia, engordei: muita ansiedade, muita necessidade de compensação. Fui deixando os vestidos de lado, por causa das pernas mais grossas e com celulite, e voltei a usar só calça, camiseta larga, tênis, cabelo quase sempre preso, casaco de frio verde-militar e nem um pouco acinturado. Acho que deixei o feminino de lado para chafurdar numa poça de baixa autoestima, porque não me sentia bonita nem queria que as pessoas me notassem.

– Sei lá, é mais prático me vestir assim. Você conhece o mocinho que veio aqui outro dia?

– É mais prático ou você quer formar uma barreira de proteção entre você e os homens?

"Ai, caceta", eu pensei. Além de ter que ver *ghost*, eu estava sendo analisada por um.

– A vida não são só homens.

– Não é essa a questão. Você não tem ideia da sua beleza, nunca teve, não é? Você pensava que era o "patinho feio" na infância, porque achavam sua irmã mais bonita. E porque muita gente riu de você. Lembra quando o professor de História te nomeou "feiura" durante a chamada oral? E quando um colega disse, no ginásio, que você era "Raimunda, feia de cara e boa de..."? Essas coisas te marcaram e isso te acompanha até hoje.

Essa fala "singela" foi como uma betoneira derrubando cimento na minha cabeça.

– Como... como é que você sabe disso? Você é, quer dizer, era psicóloga?

– Não, só quero te mostrar o tempo que perdeu com crenças ruins. Mesmo quando você sabia que estava bela, não acreditava. Nunca entendeu a história do Patinho Feio. As pessoas não o maltratavam porque era considerado feioso, e sim porque era diferente. Você não é uma pessoa normal, que segue regras, é natural. Isso é um diamante na sociedade xerocada, e sua singularidade sempre te fez ser radiante.

Enquanto os gêmeos desembaraçavam os cabelos dela com os dedos, uma lágrima atrevida baixou a guarda e caiu, seguida do batalhão inteiro.

– Vai com calma! Não sei se saberei lidar com o que você está dizendo. Aliás, não sei nem quem é você, moça, nem por que eu estou te vendo e, pior, te ouvindo.

– Não foi por causa da pandemia que a sua autoestima baixou mais, mas sim por causa da inversão de papéis que aconteceu nos últimos anos do seu casamento. Você virou o provedor, o "homem" da casa, e também foi engolida pela energia masculina que teve que usar para se impor na editora da revista para a qual prestava serviço, e foi isso que acabou com a relação e o desejo entre você e seu marido. Foi isso que fez você se desconectar da sua energia feminina. E agora está toda confusa e perdida em relação a tantas coisas.

– Olha, eu...

Não deu nem tempo de rebater o irrebatível. Os três foram desaparecendo em câmera lenta, como se alguém desligasse um projetor celestial. Fiquei olhando para o nada por um longo tempo, até ouvir o porteiro Moreno me chamar:

– Adah! Adah! Adah!

Eu me sentia muito estranha. Acho que acabei ficando alucinada de tanto ir ao cinema, porque era exatamente como eu me sentia: dentro de um filme, como Mia Farrow em *A Rosa Púrpura do Cairo*.

Virei-me para a portaria e o funcionário apontou para uma garrafa térmica com café.

– Venha se esquentar. Aliás, me desculpe por perguntar, mas que diabo de nome é esse: "Adah"?

Expliquei, ainda atônita, que era uma homenagem da minha mãe a Adah Belle Thoms, uma enfermeira afro-americana que trabalhou na Cruz Vermelha, na Primeira Guerra Mundial, e ajudou a formar muitas afro-americanas. Depois, me servi de café e o engoli sem nem mesmo sentir o gosto. Eu, que acho que esse líquido tem um gosto lascado de amargo, estava lá, sentada, com uma xícara na mão, e essa xícara quente parecia ser a coisa que eu mais precisava naquela hora. Tinha acabado de levar um nocaute de realidade na cara, com soco-inglês, dado por um monte de plasma ruivo, e eu não estava entendendo um *cazzo*.

16

Um dos meus clientes era um padre idoso muito gentil. Era dono de uma cadelinha vira-lata marrom e, quando ele ia a Roma, me chamava para fazer companhia à bichinha. No dia seguinte ao encontro com a fantasma ruiva, o pároco havia me convidado para comer uma torta na casa dele para acertar os detalhes do meu trabalho, e eu resolvi perguntar, na lata:

– Posso fazer uma pergunta estranha?

– Claro, filha!

– O senhor acredita em fantasmas?

Achei que ele fosse surtar, mas não, colocou calmamente o prato com o pedaço de torta na mesa e me olhou nos olhos.

– Você anda mesmo com cara de quem está vendo fantasmas – falou, em tom de brincadeira.

– Só um ou outro – respondi, também em tom de brincadeira, para ele não me exorcizar.

– Não, eu não acredito em fantasmas.

Achei mesmo que essa seria a resposta que ele daria, mas não parou por aí.

– Mas eu vou te falar algumas coisas que achei interessantes. São de um escritor católico, dr. Peter Kreeft, professor de Filosofia em Boston. Ele diz que há uma enorme evidência de fantasmas em várias culturas, mas que nós, católicos, não devemos tentar contatá-los ou nos comunicar com eles, porque é pecaminoso. É algo além do nosso alcance, entende? Sem contar que existem espíritos malignos que eventualmente se aproximam para nos enganar.

Engoli em seco e pensei: "Tô lascada!".

O padre continuou:

– Dr. Peter complementa, e estou de acordo, que diante de coisas sobrenaturais devemos nos apegar exclusivamente a Deus.

Depois de uma pequena pausa, ele acrescentou:

– Ajudei na sua dúvida?

– Ah, claro que sim. Bom, tenho que ir ao banco agora.

– Espere, tem outra coisa que Kreeft sugere, e é sobre os três tipos de fantasmas: os do "Inferno", que são os enganadores; os do "Purgatório", que ainda têm algum assunto terreno inacabado; e os do "Céu", que são espíritos iluminados de amigos e familiares falecidos, que podem aparecer com mensagens de amor e de esperança. Mas é claro que isso está longe de ser um ensinamento da Igreja, é apenas uma reflexão teológica. Sendo assim, filha, nenhum católico precisa acreditar nisso – ele falou, dando risada.

Me despedi do pároco e fui caminhando e pensando se eu tinha me metido em uma enrascada ou se, na real, eu não era médium, mas, sim, esquizofrênica, e se esse pessoal que começava a aparecer não era criado por bilhões de neurônios confusos, fruto de muito estresse e de algo como um *"jet lag"* de imigrante que muda de país. De qualquer maneira, nenhuma das alternativas parecia lá muito auspiciosa, principalmente a ideia de ser "o novo moleque" do filme *O sexto sentido* na vida real.

17

Confesso que fiquei um pouco assustada com o que o padre disse, mas, ao mesmo tempo, não sentia que aqueles quatro seres impressionantes, lá no cemitério, quisessem me fazer mal. Ao contrário, o papo com o Mocinho havia sido agradável, e o chacoalhão da Ruiva me fez pensar em coisas que eu já deveria estar enfrentando há muito tempo, mas que estavam embaixo do tapete mal lavado da memória.

No dia seguinte, fui dar o ar da graça no cemitério com o terço da minha mãe no pescoço e a água benta que tinha comprado no Vaticano, no bolso. Vai que são espíritos enganosos... Já que surtada da cabeça eu sabia que não estava.

Estava admirando uma escultura de Bazzaro quando escutei um barulho. Era o Mocinho.

– Isso aí no seu pescoço e no seu bolso é para se proteger de mim?

– Bom... Não exatamente. Por que não apareceu neblina hoje?

– É só na primeira vez, e é colorida pra você não se assustar tanto – e riu.

– Entendi. Tipo uma vinheta de televisão...

– Você está confundindo as coisas. Essas coisas aí são de filme de vampiro. Tem um dente de alho também?

– Olha, eu conheci uma moça lá da sua "tribo", ela parece e se veste como uma artista, talvez atriz, mas acho que é a reencarnação de Freud, só que sem a carne e sem o osso.

Como sempre, ele mudou de assunto. Já tinha notado que isso acontecia quando eu perguntava para um espírito sobre o outro. Muito estranho.

– Você já viajou muito? – ele perguntou.

– Nessa história de *ghost*? Não tenho feito outra coisa.

– Não! Pelo mundo...

– Sim, eu escrevia para uma revista de turismo. Por quê? Aliás, você deve saber disso. Como sou ingênua!

– Me conta das suas viagens. Eu queria ter vivido mais pra poder viajar.

– Desculpe a indiscrição, mas você morreu do quê?

– Me conta lá do Carnaval em New Orleans – ele disse, mudando de assunto.

Os *ghosts* podiam perguntar e falar o que queriam. Eu, nem tanto.

– Antes ou depois do furacão Katrina?

– Uau! Os dois.

– Bom, na primeira vez, fui com um namorado, com tudo pago, por causa de um prêmio que eu havia ganhado escrevendo uma matéria. Todo mundo estava com aqueles colares coloridos, sabe? Os tais *beans*. Desde a tripulação do avião, gente de idade, criança, policial, cachorro, banqueiro, músico de rua... Os carros alegóricos ficam jogando esses colares na gente. Algumas estudantes levantavam a blusa para ganhar mais. Era uma espécie de troféu.

Ele achou uma graça louca nisso.

– Você levantou?

– Engraçadinho!

– As pessoas dançavam ao som desses ritmos americanos de bandas, com *cheerleaders* na frente, jogando bastões para o alto e pegando-os de volta. À noite, todos os bares de todos os estilos musicais ficam abertos, e você só pode entrar para ouvir se pagar um drinque. O mais famoso, ironicamente, se chama *Hurricane* (furacão). As ruas ficam com cheiro de cerveja azeda derramada no chão, mas nada tira a beleza do que está acontecendo, com exceção da praga que a gente levou.

– Que praga?

– Ah, tinha um senhor lá, todo de preto, com uma bengala com cabeça de jacaré filhote. Ele nos abençoou, depois pediu dinheiro. A gente estava sem nenhum, na hora, e ele praguejou. O namoro acabou logo depois, mas não sei se foi por causa disso ou se porque as próprias relações humanas já são a própria praga.

– Opaaa, você tá pessimista mesmo, hein?

– Um pouco... Ah, teve outro lance: eu marquei de entrevistar a diretora do Museu Histórico do Vodu. Meu ex-namorado tirou uma foto minha antes de entrarmos, e, quando nos encontramos com ela, perguntamos se poderíamos tirar fotos internas. Ela pediu um momento para consultar sabe-se lá Deus quem e voltou assentindo com a cabeça: "Vocês são boas pessoas. Pode, sim!"

– Meu ex ficou fotografando lá dentro, enquanto ela contava como era o ritual que faziam e sobre Marie Laveau, Rainha do Vodu, que assinava seu nome com três cruzes, porque não sabia ler, e que os brancos americanos evitavam falar desse assunto.

Confesso que estava com um pouco de medo, porque um dos meus filmes favoritos é *Coração satânico,* e a coisa toda acontecia em Nova Orleans. Mas repórter tem que trabalhar, vai com medo mesmo, e a entrevista foi bem interessante. Quando saímos de lá, fomos direto ao St. Louis Cemetery conhecer a tumba da Rainha do Vodu. Vimos várias trincas de cruzes desenhadas, além de oferendas como flores, perfumes, calcinhas e até celular. Quando alguém realizava um pedido, voltava para riscar as três cruzinhas que havia feito. Nem me atrevi a fazer igual, porque, se algo desse certo e depois não pudesse riscar meu desenho, já viu...

Quando voltamos ao Brasil e fomos revelar as fotos, a surpresa: todas saíram pretas, menos a minha de fora da loja.

– Uau! Até fiquei arrepiado – disse o fantasma, brincando e mostrando o braço feito de nada.

– Quer que eu te conte do pós-Katrina?

– Ô, só quero, mas eu não posso ficar muito tempo. Deixa pra próxima.

E se mandou, me largando lá sozinha com minhas lembranças de viagens, que não eram poucas. Teve uma fase na minha vida que eu tinha mais cenas de filmes na cabeça do que de vida. Eu era viciada em cinema. Depois, veio esse trabalho na revista, que me fez ver mundos tão diferentes. Por isso, meu monólogo favorito é o do filme *Blade Runner,* quando o replicante Roy Batty (Rutger Hauer) fala com o detetive Deckard (Harrison Ford), um pouco antes de morrer: "Eu vi coisas que as pessoas não acreditariam. Naves de ataque ardendo em chamas nas fronteiras de Orien. Eu vi Raios-C cintilando na escuridão junto ao Portal de Tannhäuser. Todos esses momentos vão se perder no tempo, como lágrimas na chuva..."

Personagem impressionante esse Batty, com uma tremenda fixação pelo dia da sua morte. Esses robôs de altíssima tecnologia não tinham lá muita longevidade, e ele, junto com um grupo de rebeldes, fez de tudo para tentar descobrir o "indescobrível".

O mais interessante é que, ao contrário deles, os humanos fazem de tudo para não lembrar que um dia vão morrer. Evitam falar de morte, nunca têm ideia do que fazer no luto dos outros e acabam dizendo frases impensadas, como: "Seu luto não acaba nunca?", como se luto tivesse refil; "Deixe a sua dor ir embora", como se luto se resolvesse com Doril; "Luto tem cura", ah, teria, caso fosse doença; "Acho que o luto deve ser vivido só dentro das pessoas", sofrimento não é probiótico; "Quando vejo uma pessoa enlutada, me afasto", luto não pega; "Tenha força!", luto não é conta de luz; "É a vida", morte não é música do Gonzaguinha; "Luto animal é frescura", diga isso a Noé, na entrada da Arca, no próximo dilúvio... e por aí vai.

18

O Natal chegou rápido como um Frecciarossa, o trem de alta velocidade daqueles cantos. Eu estava com muito trabalho de *pet sitter*, porque muita gente viajava nessa época para ver a família, menos quem havia mudado de país. A maioria dos ítalo-brasileiros jovens sentia muita falta de estar com os parentes, principalmente os pais. Em relação aos italianos, alguns também iam ao cemitério para visitar aqueles que já tinham ido embora, por isso eu me dividia entre os *pets* e lá. Bem, não era só por isso, eu também queria encontrar o Mocinho, para contar sobre a segunda parte da viagem a Nova Orleans. Mas fazia dias que não o via.

Nessa época estava bem frio e, claro, não havia muitas flores. Mesmo assim, algumas pessoas levavam fitas enfeitadas ao Monumentale, ou presentes para os jovens, principalmente na ala infantil. Alguma mãe colocara uma miniárvore de Natal ali. Achei a coisa mais fofa e triste do mundo.

– O que é o Natal? – ouvi vozes de meninas perguntando, em coro, me virei e percebi que eram três e que deveriam ter em torno de 4 a 6 anos. Estavam envoltas por uma neblina azul muito sutil. Usavam vestidinhos de flores, cada um de uma cor, e estavam descalças. Eu me arrepiei, porque os piores filmes de terror sempre envolvem crianças fantasmas ou possuídas por espíritos malignos, mas consegui manter a calma.

Não, não eram garotas que haviam se perdido dos pais no cemitério. Eram mesmo fantasmas infantis, e eu respondi a primeira coisa que me veio à cabeça:

— É uma coisa triste!

— Você tá falando isso porque tá sozinha? — perguntaram as três juntas.

— Também. É que eu sempre me lembro da história da vendedora de fósforos, do urso que quase não ganhei e do chapéu que se perdeu.

Elas começaram a rir. Uma risada gostosa, que havia muito tempo eu não ouvia igual.

— A gente não entendeu nada — disseram.

— Eu sei — respondi, levando as mãos à cabeça.

— Mas você não deveria se sentir sozinha, você tem você, e você é muito legal, não é?

— Acho que sim — respondi, sorrindo.

— Queremos saber por que o Natal é triste.

— Não é que é triste, eu é que tenho lembranças melancólicas dele. Tem muita coisa legal. É uma data em que as pessoas comemoram o nascimento de Jesus, um homem muito sábio, que falava e fazia coisas muito boas para as pessoas, muito tempo atrás. Aí, alguém inventou um senhor de barba branca e roupa vermelha, que vem num trenó, com uns bichos chamados renas, com galhos na cabeça, e que tem um saco cheio de presentes para dar para as crianças ricas, mas na verdade ele não dá, não. Quer dizer, elas ganham, mas não dele.

Quando parei de explicar, vi a confusão que eu tinha feito e o enrosco em que tinha me metido. Então, peguei meu celular e mostrei Jesus e o Papai Noel para elas.

— Que bonitos. O Noel é barrigudo — comentaram, caindo na risada.

— Mas e a vendedora de fósforos, cadê?

Conforme eu ia citando os personagens, ia mostrando a respectiva imagem, para, pelo menos, a confusão ter cara.

— É essa menininha aqui. É de um livro. Ela não existiu de verdade. Na história, era pobre e vendia fósforos no Natal, esse palitinho aqui que acende fogo, estão vendo? Era uma cidade com neve, e ela ficava vendo as famílias pela janela, no quentinho, comendo coisas gostosas, ganhando presentes, e a coitada passando fome e frio. Aí, tenta se esquentar com os fósforos, mas eles acabam e ela morre.

As criancinhas fizeram uma cara de quem estava chocado e eu me arrependi tremendamente de ter falado dessa história, que algum sem-noção também havia me contado quando eu era criança, no Natal. Para tentar consertar a cagada, continuei:

– Mas ela vira uma estrelinha linda no céu.

– Ninguém vira estrela quando morre, sua boba – as três caíram na risada de novo e, enquanto eu me sentia a pessoa mais idiota da face da Terra, arregalaram os olhos e saíram correndo, até desaparecer. Nessa hora, levei um empurrão violento e ouvi um homem gritando:

– Volta para o seu país! Volta para o seu país!

Tentei me recompor do tombo para ver se enxergava de onde a coisa tinha vindo, mas só deu tempo de ver um homem parrudo, de estatura média, cabelo cinza curtinho, calça verde com suspensórios, camisa branca e botas de cano alto. Ele desapareceu em segundos, e neblina nenhuma havia anunciado a sua chegada. Me deu um pavor e fiquei lembrando do padre falando dos espíritos da categoria "Inferno".

O porteiro Moreno veio ver o que tinha acontecido:

– Que tombo foi esse? Você se machucou?

– Acho que só o joelho. Devo ter escorregado. Sola nova escorrega mesmo – disfarcei.

– Vem até a saleta, tem caixa de primeiros socorros.

– Não precisa!

– Quer que alguém te dê uma carona até a sua casa?

– Estou de bicicleta. Obrigada mesmo. Você é sempre muito gentil.

Cheguei em casa e subi as escadas com dificuldade. Tirei a calça e havia uma pequena cratera esfolada e com sangue pisado no meu joelho. Fiz aquela cara de "Jesus amado" e passei algodão com mertiolate. Dei um urro, digno de lobisomem, e comecei a soprar que nem doida, como fazia na infância. A coisa ardia.

Pensei em ligar para o pároco. Mas o que eu ia dizer? "Oi, tudo bem? O senhor poderia dar um pulo no cemitério para benzer, porque lá tem um fantasma violento, de suspensórios, que, aparentemente, odeia imigrantes!".

O pior não era não poder falar com ele, era não poder falar com ninguém. Até procurei uma amiga espírita, mas nessa época do ano eu sabia que seria muito difícil encontrar vivalma. Literalmente. Tentei achar algo no YouTube, mas só encontrei vídeos que falavam sobre espíritos obsessores, e eu não sei se era o caso, já que foi só depois que me mudei que a minha vida virou uma salada de fantasmas. E esse aí devia ter sido, sei lá, um fascistaço! Fui dormir arrasada, com muita dor no joelho e tão apavorada que agarrei o meu urso-objeto-transicional e deixei a luz do banheiro acesa. Mas já tinha observado uma coisa: os *ghosts* não saíam do cemitério, acontecesse o que acontecesse, e, no caso do espírito maléfico, era bem melhor assim. Depois de duas horas, quando a adrenalina foi baixando, peguei no sono. Era antevéspera de Natal.

19

No dia seguinte, achei melhor ficar de molho em casa. Só dei uma passada no supermercado para comprar uma massa para a ceia e um vinho doce para acompanhar a sobremesa bergamasca: um sorvete maravilhoso de *stracciatella* e docinhos feitos com avelã que lembravam minipolentas. Também comprei chocolate para os meus vizinhos de porta e uma lata de biscoitos para o pessoal da portaria do cemitério.

Eu recebi três convites para passar o Natal: um do intermediário, um do agente imobiliário e um do casal de administradores do apê de Sabbio. Todos muito bacanas, mas eu achava esse tipo de data uma coisa bem íntima das famílias. Além do mais, por causa do déficit de atenção, eu já chegava querendo sair, como o coelho de *Alice no País das Maravilhas*. E tudo era culpa da falta do neurotransmissor dopamina. Via as pessoas apreciando com calma os momentos, mas eu não conseguia muito fazer o mesmo, como ficar sentada em um banco de praça por horas a fio, olhando para o nada. E esse é só um pequeno exemplo.

Mas confesso que bateu uma tristeza. Eu havia passado tantos Natais legais em casa, com meu ex-marido. Ainda tentei convencer meus irmãos a fazerem o amigo-secreto daquele ano comigo on-line, mas nem teve entre eles, porque tinha gente na família que ganhava mais que os outros, e nunca ninguém pensou em estabelecer um teto de valor para os presentes. Na real, eu nem estava ligando para isso, queria mesmo era passar um pouco do dia com a família, mesmo que on-line, mas ninguém se tocou, e ninguém nunca entende quando você diz que está triste passando um Natal na Itália. Ao contrário, começavam a citar momentos em que passaram perrengues nessa época. Saber validar o sentimento dos outros é um artigo de luxo nos dias de hoje, em que todo mundo quer falar, mas ninguém quer ouvir, com exceção dos meus novos amigos *ghosts*. Talvez esse fosse um dos motivos pelos quais eu não via a hora de voltar ao Monumentale, mesmo tendo aparecido um fantasma violento e xenofóbico que conseguia me tocar. Por que ele conseguia e os outros não? Seria a raiva uma energia tão potente a ponto de transformar o espírito em matéria? Mais um mistério nessa história toda doida.

    De qualquer forma, lembrei-me das palavras das criancinhas, de que eu era muito legal e que, portanto, eu estava em ótima companhia. Coloquei uma toalha dourada na mesa, acendi velas brilhantes, peguei o prato bonito e único que eu tinha, porque senão uso todos e não lavo nenhum, e um copo de vinho maravilhoso, todo enfeitado por fora. Fiz um brinde com a capa do DVD do Don Matteo, o padre do seriado que eu amava e que tinha como personagem principal o ator Terence Hill, o italiano loiro mais divino deste mundo e que povoou meu coração na infância, no seriado *Trinity*, com Bud Spencer. Ele já é um senhor agora, mas sempre lindo e maravilhoso, e eu, "pecadora", por pensar coisas infames com um padre, mesmo que de seriado.

    Depois da celebração, fui até o centro da cidade. A árvore de Natal subia aos céus soberana, em paralelo com a torre do relógio; a roda-gigante, com luzes vermelhas, estava parada, esperando seus próximos dias de glória; o menino Jesus já havia aparecido na manjedoura do presépio; e os animais do carrossel estavam aproveitando o dia de descanso. Entre cavalos majestosos, elefantes e girafas imponentes, havia um burro deprimido. Sim, no carrossel havia um burrico deprimido, com as orelhas caídas. Provavelmente, nenhuma criança o escolhia, e com ele, eu, em uma fração de autopiedade, me identifiquei profundamente. Mas só por uma fração, afinal, eu era muito legal e estava passeando comigo.

    Na volta para casa, ainda meio capenga por causa do tombo, passava por um ou outro imigrante, talvez refugiado, possivelmente vindo da África, e fazia questão de cumprimentar a todos. Se eu me sentia sozinha, imagine uma pessoa ainda sem amigos, mal sabendo falar a língua e, obviamente, com pouco dinheiro. Adoraria parar todas essas pessoas e dar um *abbraccio brasiliano*, mas eu só cumprimentava mesmo porque ainda estava traumatizada com o machista-do-tapa-na-bunda e não queria arrumar outro mal-entendido por ser simpática demais. Eu sei que o problema não era ser simpática, e sim a mentalidade ainda medieval de tantos homens. A verdade é que as mulheres não tiveram, não têm e nunca terão paz.

20

A rotina foi voltando ao normal depois do feriado. Não que eu tivesse rotina, e muito menos normal, mas feriado católico é uma coisa forte, ainda mais em um país religioso como a Itália. Após passear com dois dálmatas, voltei ao Monumentale para ver quem dos espíritos estava por lá. Rezei muito para não dar de cara com o odiador de imigrantes, e nesse dia não havia nem sombra dele – mesmo porque espíritos não têm sombra, já que são feitos de plasma ou algo do gênero. Mas o Mocinho apareceu.

– E aí, como foi o Natal?

– Legal, mas eu preciso te perguntar uma coisa. Você conhece um espírito violento e xenofóbico de suspensórios?

Mocinho, que era branco, ficou ainda mais.

– Você tem que evitar esse cara de qualquer jeito. Ele é muito mau, e eu não posso te ajudar. Pelo menos não agora – disse ele, em um tom bem nervoso.

– Percebi! Mas eu não sei como evitá-lo. Alho, água benta, cravo-da-índia, cruz?

– Lá vem você. Não! Preste atenção: quando o vir, tente ficar no meio de um triângulo de três sepulturas de mulheres, entendeu?

– Não!

– Vem aqui, vou te mostrar. Está vendo estas três sepulturas? Imagine linhas se cruzando. Forma um triângulo, não é?

– Sim, mas como é que eu vou achar isso na hora do sufoco?

– Você tem que achar! Porque isso provoca uma espécie de campo magnético, de proteção, e ele não vai conseguir te ver. Ninguém sabe por que, mas não importa.

– Cara, eu já sou considerada meio estranha aqui, imagine correndo pelo cemitério contando túmulo.

– Tô falando sério!

É verdade, pela primeira vez ele estava falando sério, e isso me deixou preocupada.

– Eu também! Mas fica tranquilo, não vai acontecer nada. Quer que eu te conte a viagem para Nova Orleans após o furacão?

– Quero! Mas você entendeu, né?

– Entendi, fica tranquilo! A propósito, você conhece três menininhas que moram aqui?

– Conta logo, não tenho muito tempo, você sabe – ele mudou de assunto, como sempre.

– Bom, voltei a Nova Orleans sozinha, seis meses depois, para fazer uma reportagem sobre o primeiro Carnaval após a inundação causada pelo Katrina, quando o sistema de diques da cidade falhou. Apesar da atmosfera carnavalesca, havia uma melancolia no ar. O ano era 2006. Muita gente havia morrido; lojas, onde eu comprara coisas, estavam fechadas; alguns amigos tinham se mudado para outra cidade. Muito triste mesmo.

No primeiro dia, fui entrevistar um gerente de hotel, considerado herói, porque não deixou ninguém sair e montou uma barricada antissaques. À noite, fui para a avenida tirar fotos para a matéria. Um casal, me vendo sozinha, alertou que era perigoso estar ali. Sabe quando você está superconfiante, sem medo nenhum, e alguém vem e te dá uma desestabilizada? Pois é... Depois de meia hora, um outro casal veio me falar a mesma coisa, aí, pronto, morri de medo. Fiquei tão nervosa que não lembrava mais o caminho para o hotel, mas acabou dando tudo certo.

– Haha! Passou o maior sufoco.

– Nem me fale! Aí, no dia seguinte, eu tinha combinado com um guia muito, digamos, excêntrico, de ir aos bairros devastados pela água. Ele era um homem altão, com barba grisalha longa e vestido de Crocodilo Dundee, sabe, o filme? Claro que não.

Chegamos às áreas devastadas, parecia o *Império do Sol*, do Spielberg. Cenário total de pós-guerra. Bairros-fantasmas, casas ainda cheias de lama, com vários pertences nas calçadas: fotos, móveis, brinquedos, troféus de quem um dia foi campeão de algo, cabeças de alce, piscininhas infláveis, roupas... E mosquitos, muitos mosquitos. Jamais esquecerei o rosto das pessoas que perderam suas casas. Um olhar perdido no nada, fitando algum horizonte... E estou falando de pobres e de ricos.

– Nossa, que louco!

– Acho que foi a matéria mais difícil da minha vida. Primeiro, porque o cenário era mesmo trágico, e segundo porque peguei uma dengue lascada e fiquei uns três dias de molho na cama, com um febrão, ensopando camisetas, sem apetite e com dor em tudo. Para piorar, tomando umas bombas para a febre que acabaram com o meu estômago e que eu só curei porque fiquei comendo arroz japonês por dois dias, no Brasil. Nessa época, não tinha videochamada nem nada do gênero. Um taxista, que ficou meu amigo, me trazia frutas, e, se não fosse por ele, acho que eu teria morrido, pois acordei com uma supersede e só tinha água em garrafinha de vidro no frigobar. Tentei abrir de todas as maneiras, sem sucesso. Não existiam tutoriais na internet. E não tinha nenhum funcionário lá. Aí, lembrei que o taxista havia comprado umas laranjonas que dava para abrir com a mão, e foi minha salvação.

Mas também teve um lance muito estranho nessa matéria: uma entrevista com um mineiro dono de um bar, de lá, que jurou ter conversado com Buda na noite fatídica.

– Caramba! Tenho que ir, mas vou voltar para você me contar mais, tá bom?

– Tá! Beijo!

Sim, me peguei mandando um beijo para um fantasma, que havia virado meu melhor amigo, louco por viagens – que me fazia parecer Sherazade, a rainha persa, contando um pouco daquela história por vez. No mínimo, muito bizarro. Bom, ultimamente, "bizarro" era meu nome.

Só sei que ele estava me fazendo pegar gosto novamente por viagens e, principalmente, por conhecer pessoas em viagens.

21

Toda quarta-feira, no mesmo horário, eu observava uma moça de uns 35 anos, com cabelos encaracolados cobrindo o rosto, como se não quisesse ser vista por ninguém. Ela sempre trazia uma rosa branca para um túmulo e usava roupas mescladas de branco, preto e bege, bem neutras.

Parecia se sentir só, mas não era a solidão de quem perde alguém, e sim um tipo de desesperança, como se o futuro, o presente e o passado fossem farinha do mesmo saco e sempre iguais.

Comentei com o meu amigo porteiro Moreno sobre a moça e ele me disse que a sepultura era da mãe, que ela perdera quando tinha uns 5 anos, e que estava sempre assim, sozinha, desanimada. E desanimada significava sem alma.

– *Senza amore, senza luce* – ele disse.

E concordei:

– Sem amor (qualquer tipo de amor), sem luz.

Embora amor, para mim, ainda fosse uma palavra difícil de pronunciar e de digerir. Mas senti compaixão pela moça e, naquele dia, resolvi falar com ela.

– Oi, faço umas tarefas aqui no cemitério e sempre vejo você às quartas.

– Sim, eu venho visitar a minha mãe. Nós éramos muito unidas, mas depois isso mudou...

– Por quê?

— Não sei bem o que aconteceu, um dia ela estava se queixando de dores e meu pai e eu a levamos ao hospital. Quando voltamos para buscá-la, estava estranha. Depois desse dia, chorava por qualquer motivo. Meu pai nunca me explicou o que aconteceu lá. Ela ficava muito tempo no quarto e, logo em seguida, ficou doente e morreu. Desculpe pelo desabafo, nem te conheço direito.

— Imagine, mulheres entendem mulheres — eu disse e a abracei.

Nessa hora, meus olhos começaram a doer, comecei a piscar forte, e em cada piscada eu via uma espécie de *flash* do passado. Fiquei aflita e falei, na lata:

— Moça, eu preciso te falar algo doloroso, mas que vai te libertar. Você quer ouvir?

— Quero, acho que quero.

Segurei as mãos dela e olhei bem em seus olhos.

— Sua mãe estava grávida, houve complicações e, nesse dia, você perdeu um irmão. O espírito dele está perto de você até hoje. Eu não consigo ver, mas consigo ouvir. Ele disse que não deixava você se envolver com ninguém porque tinha medo de que te machucassem, mas agora entende que isso não está te fazendo bem e... E ele está em paz neste momento. Disse que tudo vai ficar bem.

Ela largou minha mão bruscamente. Olhei para a mulher, e ela estava com os olhos arregalados e de boca aberta. "Ai, cacete!", pensei. "O que foi que eu fiz?"

Ela saiu correndo do cemitério chorando e fiquei completamente sem saber o que fazer e sem entender por que eu tinha dito aquilo, mas, com certeza, tinha a ver com a coisa doida que estava rolando na minha vida. Provavelmente, a minha mediunidade estava se potencializando e eu não estava pronta para isso. Ou estava? Não, com certeza não. A última coisa que eu queria na minha vida era uma fila de gente na minha porta querendo saber sobre pessoas que morreram. Já não bastava ser o novo menino do filme *O sexto sentido*, agora eu também seria apelidada de médium "Chica Xavier". Eu ri. Mas de nervoso.

Nem bem tinha me recuperado do que tinha acontecido, por muito pouco um vaso do túmulo da mulher loira de chapéu não caiu no meu pé. Ouvi alguém gritando:

— Volta para o seu país! Você não é bem-vinda aqui!

Virei e vi o xenofóbico. Ele estava vindo com tudo na minha direção. Pude ouvir o meu coração batendo e saí correndo, tentando encontrar três sepulturas de mulheres que formassem um triângulo, como dissera o Mocinho. Minhas pernas estavam bambas pelo que tinha acontecido com a moça minutos antes e por ter um fantasma louco desvairado correndo atrás de mim. Porém o instinto de sobrevivência me fez encontrar as três sepulturas cinco segundos antes de levar outro empurrão ou coisa pior. Entrei no triângulo imaginário e ele desapareceu. Meu Deus do Céu, fiquei lá uns cinco minutos, sem fôlego e tremendo nas bases, xingando o fantasma de tudo quanto era nome. Que sufoco!

Resolvi ir embora do cemitério rapidinho e, de preferência, sem ser vista pelos porteiros, mas o Loiro me parou e perguntou:

– O que houve com a moça das quartas-feiras? Foi embora chorando. O que você disse para ela?

– Que ia ficar tudo bem.

E ficou. Quatro semanas depois, recebi uma mensagem no WhatsApp: "Boa tarde! Tomei a liberdade de perguntar ao senhor da portaria o seu número. Queria agradecer o que você falou naquele dia, no cemitério, porque, embora muito triste, me sinto muito mais leve e até conheci um rapaz na biblioteca. Estamos saindo e está sendo muito bom. Espero que use mais esse seu dom de fazer as pessoas felizes. E sei que não deve ser fácil. Te desejo tudo de bom".

Fiquei sem chão. Não a ficada sem chão quando algo muito ruim acontece na vida da gente, mas uma sensação de flutuar, como quando eu era criança e sonhava, ou fazia viagem astral, sei lá, e podia voar, livre, pela sala de casa, sentindo o cheiro de mogno das escadas.

22

A minha sorte é que eu trabalhava com os animais, e eles tinham o poder de entender meus sentimentos e de me acalmar. E assim foi. O passeio com o vira-lata amarelinho, nesse mesmo dia, era tudo que eu precisava. Quando me viu, parecia que as portas do céu tinham sido abertas. Mas o anjo não era eu, era ele. Me abraçou e chorou de felicidade. Eu também chorei, não de felicidade, mas de medo, misturado com a angústia e a alegria que eu sentia pelas coisas estarem tão estranhas e por não ter com quem falar, a não ser com os próprios *ghosts*. Nem com minha amiga psicóloga eu tinha coragem, com a minha família cética, muito menos. Mas, com os animais, ah, sim, eu sempre podia contar. E, com certeza, também poderia ter o apoio da minha amiga espírita, mesmo em um país distante. Ela havia se mudado para Portugal, trocado de celular e não pertencia a nenhuma rede social. Então, foi bem difícil descobrir seu contato novo, mas "persevere que triunfarás", e, finalmente, conseguimos nos falar. Expliquei a situação, e ela disse:

– Uau! Bom, vamos por partes: quando a pessoa tem mediunidade, ou quando a gente desenvolve a mediunidade, ou quando tem episódios mediúnicos, ela não verá só espírito bom. Então, você verá qualquer desencarnado, e não serão todos, é lógico, senão ficaria louca.

– Socorro... nem pensar!

– Você vai se deparar com alguns espíritos de qualidades, características e elevação muito diferentes. É como a gente andando na rua, passamos por pessoas de todos os matizes. Suponha que você possa vê-las por dentro, ver o caráter delas. Porque o espírito é meio isso, já mostra, na maneira como ele se apresenta, o caráter dele, a bondade, a elevação dele, entende?

– Sim!

– Como desencarnado não se esconde atrás de um corpo físico, então ele não tem mais máscaras. Quer dizer que, se ele tem uma vibração densa, dura, rude, ele mostra isso na aparência. É um visual sujo, pesado, desmazelado, olhos injetados... É feio! É feio mesmo. A parte moral, a parte do coração, se mostra no corpo, na aparência dele.

Durante essa descrição, os pelos dos meus braços se arrepiaram na hora e meu coração bateu mais rápido, porque pensei no odiador de estrangeiros me perseguindo.

– Então, quando os *ghosts* são, digamos, legais, a gente já saca rápido, é isso?

– Exato! Quando o espírito é mais elevado, ele vai ter luz própria, que vem de dentro dele. Olhar... O olhar do desencarnado é muito importante. Quando você tiver dúvida se o espírito está te enganando, e tiver a capacidade, olhe nos olhos dele e poderá sentir essa vibração e ver o seu aspecto: limpo, leve, luminoso, que passa serenidade em qualquer idade, em qualquer etnia com que ele resolva se apresentar.

– Que resolva se apresentar?

– Sim, porque, como o perispírito é plástico, pode se apresentar com uma cara que tinha em uma encarnação antiga, ou quando era mais jovem. Vou te dar um exemplo: minha irmã. Ela é médium vidente. Quando nossa mãe morreu, ela a viu várias vezes moça, bem mais jovem. E minha irmã pensou (e todos os espíritos leem pensamento): "Puxa, mãe, que esquisito". Foi um pensamento quase que involuntário da minha irmã. Imediatamente, minha mãe ficou com a aparência dela na época em que morreu, com 80 anos. E perguntou: "Assim é melhor para você?". Minha irmã concordou.

– Nossa, que loucura. Eu adoraria ver a minha mãe, o meu sobrinho, meu cão labrador, minha avó, meu tio astrólogo... a lista é longa.

– Sem dúvida! Infelizmente, não tem como programar. Agora, um espírito trevoso, pouco evoluído, raivoso, não consegue se embelezar, se iluminar, não consegue emanar amor, alegria.... Ele pode mudar sua aparência para coisas assustadoras, para deixar a pessoa com mais medo ainda.

– Pronto! Pensei no fascista de novo. Ai, Deus...

– Agora, preste muita atenção no que vou te dizer: quanto ao desencarnado que perturba, que é ruim, que é desagradável... Não brigue com ele, não xingue! Quando você fica puta da vida, alimenta mais ainda, cria uma relação magnética, e é aí que ele gruda de vez.

– Vixe, acabei de xingar o Trevoso do cemitério. O que eu faço, então?

– Tente se manter sempre muito tranquila, melhorar como pessoa, tente ficar mais calma, serena, mais caridosa, porque ele também está sofrendo. Fazendo isso, você consegue se desconectar desses espíritos maus.

– Ele está sofrendo? Me esborrachei por causa dele!

– Talvez a sua missão seja ajudá-lo, orar por ele, enviar amor...

– Afe! De novo essa coisa de amor.

– Pense nisso com carinho.

– Não vou conseguir orar por ele, muito menos mandar amor, se é que sei fazer isso.

– Claro que sabe! Então, reze para o anjo da guarda desse espírito. Todo mundo tem anjo da guarda, inclusive espírito.

– Coitado do anjo!

– Acredite: ele também tem os espíritos protetores. Pode não querer se abrir para eles, mas estão ali para protegê-lo.

– E eu, quem me protege?

– Talvez mais gente do que você imagina. Bom, agora tenho que ir. Espero ter ajudado. Fique com Deus!

Ela desligou e fiquei pensando em tudo o que havia dito e no motivo pelo qual as pessoas nos falam para ficar com Deus, se, em tese, Ele é onipresente, está em todo lugar. De qualquer forma, eu teria que meditar muito para virar a chave emocional com o Trevoso, e isso não seria nada fácil.

23

Eu estava colocando adesivos de coração nas pequenas sepulturas dos bebês, quando a Ruiva espetacular apareceu com os filhos gêmeos. Fiquei hipnotizada olhando para ela e para a sua beleza de outro mundo. E juro que isso não foi um trocadilho.

– Você se maquiou – ela disse.

– Eu não! Bom, só um pouquinho, mas não foi por influência sua – falei eu, esquecendo que a minha amiga havia falado sobre *ghosts* lerem pensamentos.

– Claro que não – replicou ela, ironicamente.

– A loja estava em promoção.

– E como você se sente?

– É um ritual gostoso de fazer. Mas não adianta, eu não vou voltar a ser aquela mulher feminina da época da dança do ventre, nem vem.

– Cada uma de nós conhece ou reencontra o seu poder interior, da sua maneira e de formas diferentes em cada época da vida. Você já ouviu falar dos arquétipos femininos?

– Mais ou menos.

– Eles são, digamos, os diferentes aspectos da natureza feminina. Foram mencionados em diversas culturas e épocas, principalmente na mitologia grega. Conhecer melhor o seu arquétipo de deusa predominante ativa suas potencialidades e também controla o que ele te trouxe de negativo. E isso será a chave para o grande encontro da sua vida.

– Com quem?

Nesse momento, os gêmeos sopraram o pó da placa de metal de um túmulo e eu me vi refletida.

– Eita, lá vem autoajuda. Eu entendo o que você diz, mas não me identifico com a Vênus e toda a sua beleza e cabelão ao vento.

– Mas Vênus não era só a deusa da beleza, mas também do amor. Talvez o seu arquétipo principal, agora, esteja mais ligado a Ártemis, ou Diana, a caçadora. De qualquer forma, todas as mulheres têm mais de um, com certeza.

A fantasma feminista estava me deixando com a curiosidade aguçada sobre o que ela estava dizendo. Fucei no Google e achei um trecho de uma dissertação: "Enquanto deusa da caça e da Lua, Ártemis era uma personificação do espírito feminino independente. O arquétipo que ela representa possibilita a uma mulher procurar seus próprios objetivos em terrenos de sua própria escolha. Ártemis simboliza um sentido de integridade, uma atitude de 'sei cuidar de mim mesma' que permite à mulher agir por conta própria, com autoconfiança e espírito independente. Ela sente-se completa sem o homem, saindo ao encalço de interesses e trabalho que são significativos para ela, sem precisar da aprovação masculina".

– Concordo que me aventurei *master* mudando de país sozinha. Cada mês aqui equivale a um ano de aprendizado, mas não sei se ultimamente estou sabendo cuidar muito bem de mim, não.

– Você saberá. E não pelo caminho da agressividade, mas do amor.

E, como sempre, foi sumindo com os filhos, no estilo *fade-out*-de-ser.

Não entendi muito bem o que ela quis dizer com isso, porque esses *ghosts* tinham uma bateria energética muito fraca e partiam sem dar tempo de a gente se aprofundar. Mas eu confesso que cada vez mais tinha vontade de ficar com eles. Gostava do que falavam, embora não fosse fácil, mas tudo parecia fazer sentido, mesmo que não fizesse sentido nenhum. De repente, minha vida havia virado 180 graus, tanto para o bem quanto para o mal. Sentia que muita coisa estava mudando em mim para melhor, mas também era ameaçada por uma entidade violenta, que podia fazer algo de ruim comigo, e eu não podia nem dar queixa na polícia, muito menos pedir medida protetiva. Os espíritos estavam ajudando a me fortalecer a cada dia, e, aos poucos, eu estava rasgando o papel de vítima, de autopiedade, que só servia para arranhar ainda mais a minha autoestima.

Depois desse toque da Ruiva, fui tentar entender mais sobre o lado sombra do arquétipo de Ártemis e não gostei muito do que vi, mas é aquela coisa: "A realidade liberta". Li em um site que ela pode ser explosiva e virar o capeta quando tentam contrariar sua vontade e que, "sob o ponto de vista de alguns psicanalistas, simboliza o aspecto ciumento, dominador e castrador da mãe". Vixe, me identifiquei na hora, porque eu tinha mesmo esse lado explosivo, o que me levou a ganhar o apelido, em um emprego, de "Monga, a mulher-gorila". Sem falar no aspecto controlador, que certamente contribuiu para o fim do meu casamento e de alguns namoros. Estava mais do que na hora de olhar para essa sombra mimetizada, quietinha, nas entranhas do meu cérebro.

24

Pouco a pouco, o Monumentale passou a ser um segundo universo no meu dia a dia. Os espíritos não apareciam toda vez que eu ia, mas comecei a ter cada vez mais compaixão pela dor dos que visitavam as pessoas que um dia elas haviam abraçado e beijado. Morrer era uma coisa sagrada, e a gente precisa mesmo ter muito respeito quando está diante de alguém que se foi. Estou dizendo isso porque sempre fui a que contava piadas no velório, provavelmente para disfarçar a minha própria dor.

Quando minha mãe morreu, a despedida foi em uma casa grande, elegante, um novo conceito vindo dos Estados Unidos. Fiz meus amigos rirem muito, mas, pouco a pouco, todo mundo foi indo embora, inclusive meus irmãos, para voltar para o enterro. Eu resolvi ficar, porque me lembrei de uma série em que o povo maori nunca deixava o morto sozinho no velório.

Quando todo mundo saiu e me vi diante da minha mãe, pela última vez, tive a sensação de desamparo mais inexplicável da minha vida, e ela vinha por todos os lados do meu corpo, com força. E foi nesse ano que descobri que só existe um remédio para curar essa dor: a própria dor.

Eu tinha ajudado na parte final da maquiagem da minha mãe, alguns minutos antes do velório. Fui a guardiã que garantiu que tudo saísse nos conformes, tudo digno da sua vaidade. Estava com seu pijama favorito e os chinelos cor-de-rosa que tanto gostava. O cobertor de flores coloridas contrastava com a brancura da pele, tantas vezes machucada por injeções ou tratamentos invasivos aos quais ela se rendia porque sabia que seria melhor assim. Deixava o ego de lado e fazia tudo que mandavam nos hospitais, sem reclamar. Sabia da vida de todo mundo lá, porque todos vinham pedir conselhos para ela, que devolvia como uma forma de bênção. Disse uma vez uma amiga minha: "Foi uma mulher que merecia ter sido enterrada de pé".

Passou a vida fazendo milhares de casaquinhos de tricô para as amigas da gente que engravidavam e para pessoas, a maioria pobres, que nem sequer sabiam da existência dela.

Quando ficou doente pela primeira vez, resolveu confeccionar bichinhos de pelúcia para que as crianças não entrassem sozinhas na quimioterapia. Conversamos sobre como seria o seu velório, a música que queria que eu colocasse. Sempre pensava no que falaria para Deus quando O encontrasse. Provavelmente, sua frase favorita e que nos fez ser livres para tentar de tudo, ou quase tudo, nesta vida: "E por que não?".

Com ela, aprendi a ter menos medo da morte, mas não aprendi a ter mais fé. A fé da minha mãe era como um parente muito próximo que ela sempre poderia encontrar e com quem sentar junto num sofá confortável. Era assim que se sentia acolhida e era assim que acolhia as tantas gentes que tiveram a sorte de tê-la conhecido. Éramos muito parecidas na personalidade e no formato das mãos. Eu entendia quando ela contava casos tristes com lágrimas nos olhos e entendia quando batia com a ponta do pé na mesinha e gritava: "Puta que pariu!".

Gostava dos escritores franceses que diziam que os homens, em sua arrogância, não se conformavam sabendo que um dia iriam morrer. Como o replicante do filme *Blade Runner*, a criatura que persegue o criador, na tentativa de ter uma resposta para essa que é a grande angústia do mundo. Angústia para quem vai e maior ainda para quem fica. Lembro até hoje do dia da minha "morte", do meu "velório". No curso de "doula de fim de vida", meu corpo inerte foi preparado por uma colega e embrulhado delicadamente em uma espécie de véu de organza, ao som de uma música erudita triste. Em seguida, ela leu um texto que eu mesma escrevi sobre a morte. Chorei quilos. Sim, quilos, porque foi o choro mais pesado da minha vida, não porque estivesse "morta", mas porque lembrei de todos os lutos mal digeridos da minha existência: minha avó, meu cão labrador, mãe, pai, tio, amigos... Depois, fiquei uma semana surtada e com febre. Mas o que tinha que sair, saiu, com as lágrimas e o suor causado pela dipirona.

25

Era Páscoa e todas as igrejas estavam enfeitadas. É uma semana muito importante e respeitada na Itália, e consegui assistir a uma das missas, pelo menos. Não que eu fosse de ir à igreja, mas elas estavam em toda parte, e eu gostava de ouvir os sinos e o italiano misturado com o latim. Enquanto o povo recitava o pai-nosso na língua materna, eu me unia ao coro em português. Me misturei aos locais na fila para receber o corpo de Cristo, como se fosse zero pecadora, sem ter me confessado. Na realidade, nunca fui muito fã dessa coisa de pecado, porque, se Deus perdoa tudo, então dá empate no final do campeonato. Portanto, o conceito de Inferno não fazia sentido. Mas quem sou eu para filosofar sobre doutrinas tão antigas? De qualquer forma, tentava receber a hóstia com humildade e me sentava, em silêncio, como todo mundo. Quando eu era criança, gostava do sabor da "bolachinha" branca e de como as pessoas falavam baixinho. Depois, descobri que esse *mix* de sensações boas eram ASMR *(Autonomous Sensory Meridian Response)*, sigla que se refere a sensações prazerosas e de relaxamento, geralmente causadas por estímulos visuais, auditivos e cognitivos, e que virou febre no YouTube.

Depois da missa, entrei na papelaria da Rua Borgo Palazzo para comprar uma cesta com uma galinha e pintinhos coloridos, como a que minha avó usava para enfeitar a mesa na Páscoa. Sim, bateu nostalgia e carência, afinal, era uma família, mesmo que de pequenas aves de lã, e era o que eu teria de mais próximo de um grupo familiar ali. Como eu já disse, não falta maluco neste mundo.

O vendedor era um cara muito charmoso, divertido e que me chamava de amiga, sem nem saber quem eu era. Isso era muito acolhedor. Me vendeu a cesta e ainda ganhei um ovinho de chocolate de presente. Em seguida, fui ao cemitério para ver como estavam as coisas e, cinco minutos depois, as três criancinhas fantasmas chegaram e perguntaram juntas:

– O que é Páscoa?

Pronto! Lá ia eu me embananar toda, e foi isso mesmo que aconteceu.

– É uma data em que Jesus, aquele lá do Natal, que falava e fazia coisas boas, volta à vida. Lembram? Ele foi morto por pessoas más, depois renasceu, tipo, voltou, há muito tempo, e as pessoas brindam a isso até hoje e comem ovos de chocolate de coelhos que, no Brasil, custam os olhos da cara.

Elas caíram na risada.

– Coelhos não botam ovos! E nós queremos rena... rena... renascer também.

– Puxa, eu também queria que vocês voltassem à vida, mas é só para o filho de Deus.

– Quem é Deus?

Ai, caceta! Agora que eu ia me lascar de vez:

– É o pai de todos e de Jesus.

– Você tem pai?

– Não tenho mais.

– Quem é seu pai agora, então?

– Eu mesma!

– E Deus? Não é seu pai também?

– Bom, eu...

Felizmente, nessa hora o porteiro Loiro me chamou e elas desapareceram, porque falar sobre religião não é bem o meu forte.

– Você não queria ver um carro fúnebre? Tem um chegando! – disse ele.

Chiquérrimo, como tudo na Itália, o carro fúnebre era um Jaguar prata, e o porteiro me contou que havia Rolls-Royce e outras supermarcas adaptadas também. O carro estava entrando, com um caixão de madeira caríssimo dentro e uma coroa de flores branca e vermelha. Alguns homens elegantes, de terno e gravata, receberam o automóvel. Em breve, seria mais um morador do Monumentale, e, pela pompa, certamente teria direito à vista para as montanhas bergamascas.

Fui acompanhando o carro, devagar, até ouvir a voz horrenda do *ghost* xenofóbico gritar:

– A Itália não quer gente como você aqui!

Saí em disparada, tentando achar três sepulturas de mulheres para me abrigar, mas eu estava do outro lado do cemitério, que eu não conhecia tão bem. Ele veio com tudo para me dar um tapão, mas, nessa hora de terror, o porteiro-Loiro-salvador apareceu bem na minha frente e o Trevoso se desintegrou.

– Você está doida? Não pode sair correndo pelo cemitério quando um carro fúnebre está chegando, nem nunca, é um lugar sagrado, você sabe. O que deu em você? Já não basta ficar falando sozinha, agora essa de correr! – me repreendeu o homem.

– Um rato! Eu vi um rato. Tenho horror deles, hor-ror!

– Rato? Onde?

– Foi para lá!

– Bom, da próxima vez, controle-se, porque as pessoas podem comentar e implicar com a sua presença. E, se vir um rato de novo, não vá subir em nenhuma sepultura, ok? – falou ele, mais ou menos sério.

– Eu não falo sozinha! Eu falo no celular, com fone de ouvido.

– Sei...

Ele virou as costas e foi para a portaria, me deixando com o coração batendo acelerado e sem fôlego. Mil vezes fosse um rato, mil vezes...

Como se já não bastasse tomar uma dura do homem, o Mocinho apareceu, muito bravo:

– Eu não falei pra você se proteger?

– Eu tentei! Mas ele sempre me pega desprevenida, e não dá para eu decorar onde estão todas as sepulturas femininas daqui. Além do mais, esse tipo de gente fascista, nazista, infelizmente não vive só aqui. O mundo está cheio deles, e desgraçadamente estão se multiplicando.

– Eu sei, mas não pode vacilar, e toda vez que você sente medo ele fica mais poderoso, entende?

– Eita, mas o que eu posso fazer? Ficar alegre quando ele aparece?

O Mocinho fechou a cara:

– Lembra do que a sua amiga falou, tenta mudar a sua sintonia: reza, manda luz rosa, sei lá... E tenta ficar num perímetro seguro do cemitério, em que você já tenha feito a marcação.

– Tá, vou meditar em cima disso. Mas vamos mudar de assunto, vai, estou te devendo o fim da minha segunda viagem pra Nova Orleans.

– Eu vim aqui pra isso – disse ele, se acomodando sem se acomodar em lugar nenhum, já que não tinha matéria.

– Bom, quase no fim da minha viagem eu fui entrevistar um mineiro dono de um bar. No andar de cima tinha uma estátua enorme de Buda. Ele me trouxe um copo de água mais gelada que um iglu e falou: "No dia do furacão, como você sabe, os diques se romperam e a água inundou uma grande parte da cidade. Não aconteceu nada com o meu bar porque ele está em um lugar mais alto, mas desta varanda eu vi a fila interminável de pessoas molhadas e sem casa indo para o Superdome, o estádio da cidade. Foi uma cena terrível, eu tinha saído do Brasil para fugir de coisas ruins e elas estavam me perseguindo".

Ele fez uma pausa para acender um cigarro. "Te incomoda?". "Não, vai em frente", menti.

E prosseguiu: "Nessa noite, esse Buda aqui falou comigo. Ele disse que as construções de barragens e represas estavam desequilibrando o mundo e que a consequência disso seriam muitos desastres com água, que as pessoas chamariam de 'naturais', mas é o planeta tentando de todas as maneiras se equilibrar". Essa é a hora em que as pessoas pensariam "como esse cara é doido", mas achei que havia muita coerência no que eu estava ouvindo, mesmo que tivesse vindo da boca de uma estátua.

– Caraca! – exclamou o Mocinho.

– Pois é! Foi nessa noite que começou o febrão da dengue que eu peguei lá. Foi *punk*!

– A vida na Terra não é fácil.

– Não, aliás, eu estava para te fazer uma pergunta: por que vocês nunca saem do cemitério?

– Tipo pra dar um rolê com você no shopping?

– Engraçadinho...

– Você precisa voltar a viajar e conhecer gente de carne e osso.

– Mesmo sendo vegetariana?

– Dããããã... Vai pra Florença.

– Por que Florença, além de ser deslumbrante?

– Você vai saber quando chegar lá.

Quando me virei para reclamar desses enigmas, ele já tinha zarpado. Bateria fraca outra vez...

26

Passei uma parte da noite pensando no *ghost* xenofóbico. Ele tinha a crença dele e achava que estava com toda a razão. Como eu poderia mudar isso? Rezar para o anjo dele era estranho, já que eu não rezava nem para o meu, que, aliás, não devia estar nos seus melhores dias, com tanta emoção rolando ao mesmo tempo. O máximo que consegui fazer foi meditar, emanando mesmo luz rosa, coisa que aprendi nos meus tempos de ioga.

Talvez funcionasse, porque, nos Estados Unidos, reuniões com grandes grupos praticando um programa avançado de meditação transcendental conseguiram baixar de forma significativa as taxas de homicídio e de criminalidade urbana violenta, de 2007 a 2010. Mas eu era uma só, e, bom, uma era melhor que nada. Comecei a emanar boas vibrações para o Trevoso, mas achei melhor arrumar um apelido melhor para ele, já que esse me dava medo e raiva. Resolvi chamá-lo de "Escovinha", por causa do cabelo, e, dez minutos depois de começar a meditar, dormi.

No dia seguinte, fui ao Monumentale para mapear melhor os triângulos de sepulturas femininas. Uma neblina verde surgiu do nada – como se elas aparecessem de alguma coisa –, mas eu sabia que era alguém novo no pedaço.

Era uma mulher mais velha, cabelo branco preso em um coque, vestia um macacão branco, luvas de borracha, e tinha uma máscara filtrante no pescoço. Ela me lembrou a Jane Goodall, que revolucionou os caminhos da primatologia com importantes pesquisas sobre os chimpanzés. Mas eu acho que esse fantasma estava mais para arqueóloga ou restauradora de quadros.

Começou a falar comigo como se me conhecesse há anos, sem se apresentar. Se bem que todos faziam isso.

– Você está procurando a felicidade no lugar errado.

– Oi?

– Você está procurando a felicidade no lugar errado.

– E onde seria o lugar certo? Não vá me dizer que é nas pequenas coisas.

– Você acha que felicidade é ir à rua principal da Cidade Alta comprar coisas para você ou comer pizza.

Eu ri.

– Onde está, então?

– No mistério!

– Pode explicar melhor, senhora, senhora...?

Ela ignorou minha tentativa de saber seu nome. Os espíritos, esses com quem eu andava conversando, pelo menos, entre as várias estranhezas, nunca falavam seus nomes, nem nenhuma pista de nada, aliás. E ela continuou:

– O livro *O poder do mito*, de Joseph Campbell, tem uma passagem muito interessante, em que o autor diz que a felicidade está no mistério. E eu concordo.

– Não sei que mistério é esse, mas parece ter um pouco a ver com o que o escritor Hermann Hesse chamou de "Caminho Dourado", quando citou o dia em que não se levantou correndo para ir à escola e observou, da sua cama, a explosão de cores do encontro de várias pontas de telhados e a sensação de plenitude que teve ao se conectar com algo mais profundo, mesmo que por instantes.

– Exatamente, o mistério está na contemplação do não óbvio, do que não se enxerga, porque a maioria das pessoas olha, mas não vê. Por exemplo, quando você vai à Cidade Alta para comprar suas blusinhas, você observa os inúmeros tesouros que estão ali?

– Mais ou menos.

– Esse "mais ou menos" é como se você morasse aqui, só que não. Você precisa conhecer a Bérgamo secreta.

– Uau!

– Mas tem que me prometer que vai procurar o que eu te apresentar com calma, contemplando. Não como o diabo-da-tasmânia do desenho que você gostava na infância. Consegue?

– Sim!

Respondi rindo e chocada com o nível de informação que esses fantasmas tinham, o FBI do mundo espiritual.

– Pois bem. Na próxima vez que for à Cidade Alta, vá a pé, pela Rua Pignolo... Porque eu sei que você morre de preguiça e acaba pegando ônibus e perdendo muita coisa.

– Jesus Cristo, vocês sabem tudo mesmo, hein? São a Alexa do plano dos desencarnados – brinquei, sem ela achar a menor graça.

– Então, quando você chegar lá, procure os segredos que eu vou te contar e procure outros. Eles estão por toda parte.

E foi assim que conheci os fascínios da Cidade Alta, que sempre haviam passado despercebidos porque o meu negócio era mesmo chegar lá e ir direto à minha pizzaria favorita e depois comer um doce de coco com baunilha. Além, claro, de experimentar uma ou outra roupinha, porque os artesãos eram muito criativos. A fantasma estava certa. Não que isso fosse ruim, ao contrário, mas era óbvio demais, um desperdício, uma ilusão achar que comer ou comprar algo diminuiria minha sensação de não pertencimento, minhas dores, minha solidão. Mas a arte, o belo, os mistérios tinham o poder de redenção, de cura. Toda vez que eu ficava em silêncio diante de algo grandioso, trilhava o "Caminho Dourado", de Hermann Hesse, e sentia os dedos da sabedoria divina me tocarem, como na *Criação de Adão*, de Michelangelo. Nesse dia, um universo se abriu diante dos meus olhos. Fui fazendo um percurso que começava na parede ao lado da porta do *funicolare*, onde há uma antiga placa escrito "Farmácia Guidetti". Lá vivia um farmacêutico que já sacava o problema que as pessoas tinham antes de elas falarem, e que curava as crianças que haviam tomado um susto com algum cachorro bravo, ou coisa do gênero, e ainda estavam com medo, apenas com um chocolatinho embrulhado em um papel dourado. Mais adiante, na Rua Arena 9, encontrei a antiga sede da MIA (Congregazione della Misericordia Maggiore di Bergamo), na qual os nobres bergamascos ajudavam os pobres e onde, segundo a lenda, ainda se pode ouvir as vozes das pessoas que permaneciam em fila, desesperadas, esperando comida na terrível época da peste. Conheci o lugar onde ficavam as *osterias* em que as pessoas bebiam vinho e jogavam cartas, perto do "Circolino"; o "Albergo del Sole", onde os transeuntes descansavam seu corpo e seus cavalos; a Torre Cívica, vulgo *Campanone*, com o sino que avisava todo mundo, às 22 horas, para voltar às suas casas, como um toque de recolher; a antiga casa de Gaetano Donizetti, principal músico de Bérgamo; a escultura do homem barbudo, na parte externa da Basílica de Santa Maria Maggiore; o sarcófago do Cavaleiro Misterioso; a história do soldado dourado sobre a cúpula do Duomo; a Porta do Morto da Rua Solata (antigamente, as casas tinham a porta da frente e uma outra menor, por onde saía o caixão de algum eventual defunto; depois fazia-se uma parede nessa porta, para que a morte não voltasse e fizesse outro cadáver); a última casa com janelas venezianas, na Rua Gombito 26; entre outros tantos tesouros. Foi o dia mais bem gasto da minha vida e não custou nem um centavo.

27

O dia estava cinza e eu estava no Monumentale varrendo os pequenos galhos que a chuva havia derrubado. Eu queria encontrar a Restauradora, mas ela não estava. De repente, um, digamos, pedaço de claridade anunciou a chegada de um novo *ghost*. Não era neblina, era como se o céu nublado rachasse como um velho dique e um raio de sol descesse à Terra bem onde eu estava.

Era um homem de uns sessenta anos, vestido de forma simples, com um lenço de algodão colorido no pescoço. Ele trazia uma lanterna pendurada no cinto, como a das pessoas que exploram cavernas. Parecia ser a mais calma das criaturas, falava baixo e trazia na bagagem uma tremenda sabedoria. Eu o apelidei de Jedi.

– Ouviu isso? – ele disse.
– O quê?
– Os pássaros estão anunciando o sol depois da chuva.
– Ah...
– O sol é tão generoso. Um grande companheiro. Os pássaros também. Você devia se lembrar disso quando se sentir sozinha, embora eu saiba que você já não se sente mais só.
– Ah, o senhor também conhece a minha ficha – brinquei, idiotamente. Eu tinha essa mania de debochar, mas acho que era mais uma das minhas defesas para não mergulhar em mim mesma.
– Os lagos também nos fazem companhia, a Lua, as pedras, as árvores... Você sabia que elas conversam entre si e emprestam nutrientes para aquela que está com falta?

– Não, não sabia, que lindo.

– É uma pena que as pessoas tenham se afastado da natureza.

– É mesmo. Acho que faz anos que não passeio em uma floresta como se não houvesse amanhã.

– Quem são os pássaros na sua vida que anunciam o sol depois da chuva, Adah?

– Não sei – respondi, depois de pensar por uns segundos.

– Sua luz própria! A luz do discernimento, da lucidez. É ela que aniquila o lado sombrio da vida. Você tem que se esforçar para saber distinguir o que é verdade de ilusão. Você vai precisar.

– Vou?

– É duro enxergar a realidade, mas você não tem outro caminho, senão permaneceria eternamente perdida, confusa. E você já está adiantada nesse caminho. Persevere!

– Estou tentando. Estou em um momento *Matrix* de ser.

Ele sorriu:

– E é assim, com sua luz própria, que você conseguirá enxergar o caminho para o amor.

– Dos outros?

– Não, não. "O amor não é uma relação entre duas pessoas", já disse um mestre indiano. "É um estado de espírito dentro de si mesmo. É tão forte que queremos compartilhar. É a força mais curativa do mundo".

– Uau!

– Não espere os outros para encontrá-lo. Mas é através dele que você encontrará os outros.

E partiu, na mesma hora que um arco-íris atravessou o céu.

28

As lindas palavras do Jedi e a insistência do Mocinho para que eu viajasse me inspiraram a passar o meu aniversário em Florença, uma cidade também cheia de segredos e simbolismos.

Cheguei de trem e fui andando até o centro. Aos poucos, as partes do Duomo, como um quebra-cabeça, iam se juntando até formar uma das mais belas catedrais da Itália. Parei para contemplar a beleza daquela obra, quando fui interrompida por uma frase:

– Você é bonita!

Era uma cigana de meia-idade, vestida como uma cigana. Eu sei que o comentário é idiota, mas nem todas se vestem a caráter.

– Você também – respondi.

Depois disso, ela ficou esperando que eu desse dinheiro, mas eu não tinha nenhuma moeda, além do mais, não gosto de dar dinheiro para as pessoas. Acho que aprendi com a minha mãe, que sempre entregava um pacotinho de biscoito para os pedintes no semáforo, em São Paulo. Ela não gostou muito, e, na hora, pensei no homem de preto, em Nova Orleans, esbravejando e brandindo a bengala de cabeça de jacarezinho porque a gente não tinha dinheiro para ele. Mas ela simplesmente virou as costas e foi embora.

Fiquei andando o dia todo, conhecendo, claro, os principais pontos turísticos e os espaços mais fora da curva ou pouco visitados, como o Hospital dos Inocentes, criado por Brunelleschi, onde as mães que não podiam criar seus filhos deixavam os bebês com alguma medalhinha para buscá-los um dia, mas isso raramente acontecia; e o Museu Bargello, onde dá para ver *Baco*, a primeira escultura de Michelangelo, aos 22 anos, entre tantas outras obras desconhecidas.

Quando eu estava voltando ao hotel, notei uma pequena casa de chá, quase imperceptível, com bules, xícaras e latas orientais atrás de uma vitrine mal iluminada. Estava fechada, e o proprietário me viu e se abaixou atrás do balcão, mas não arredei o pé de lá, porque sabia que era naquele lugar misterioso que eu deveria comemorar meu aniversário.

O dono, um senhor fiorentino alto, de *blazer* azul-escuro e chapéu marroquino, deve ter gostado da minha perseverança e me deixou entrar. A decoração era toda oriental, incrível, e descobri que não se tratava exatamente de uma casa de chá, e, sim, de uma espécie de clube cultural e secreto.

Quando soube do meu aniversário, sentou-se ao piano e tocou a música "Meraviglioso", de Domenico Modugno, depois preparou um chá dos deuses. Ele lia a mão e fez questão de ver a minha. Era vidente também.

– Uau! Tem história aqui, hein? Pode esperar um grande acontecimento na sua vida.

– Outro?

– Eu sei, você anda se comunicando com pessoas de outro mundo, não é? Você tem esse dom.

– Sim, descobri isso há pouco tempo.

– Pode confiar neles. São como o Homem Vitruviano, de Leonardo da Vinci, na sua vida. Sabe do que estou falando?

– Não muito.

– Bom, resumindo, Da Vinci fez a ilustração do Homem de Vitrúvio durante o Renascimento. Está em Veneza, agora, trancada a sete chaves. Representa a perfeição das proporções do corpo humano, mas também a proporção divina. Foi baseado em figuras geométricas perfeitas e equações matemáticas. Mas, na minha percepção, também é como se fosse uma estrela de cinco pontas, representando a plenitude de uma pessoa diante da vida. Seus amigos, os espíritos, são cinco, não são?

– Bom, se contar as criancinhas como uma e a Ruiva e os filhos também como um, são cinco principais, sim.

– Pois é, cada um teve um papel diferente na sua evolução: no emocional, social, cultural, físico, espiritual... Faz sentido?

– Nossa, faz todo o sentido. Todo! Mas será que tem algum motivo para isso?

– Se tiver, você terá que descobrir sozinha.

– Mas tem um lá que é muito mau, xenofóbico.

– Toma! Este anel vai te ajudar a lidar com ele. É de ágata. Fica de aniversário.

– Puxa, muito obrigada, você é muito raro, nunca conheci ninguém assim.

Ele pegou minha mão de novo.

– Você acredita em reencarnação?

– Não!

– Porque vejo mais uma informação aqui. Você morreu durante a Segunda Guerra Mundial. Foi um baque para a Itália.

– Ah, imagina, eu não...

Nesse momento a campainha tocou e começaram a chegar pessoas incríveis. Um violonista, uma dançarina do ventre e outros músicos de várias nacionalidades. Toda a noite foi "narniesca". Como no filme *As crônicas de Nárnia*, parecia que eu tinha encontrado uma passagem secreta dentro de um velho armário e caído em um mundo completamente paralelo à minha existência. Aquilo foi esculpido na minha memória, porque eu sabia que nunca mais se repetiria. Se é que eu não tinha sonhado.

29

Voltei ao Monumentale louca para contar as novidades sobre Florença. Parece que o Mocinho sabia, porque ele já estava me esperando.
– Como está sua bateria hoje? – perguntei.
– Igual! – ele riu.
– A viagem foi incrível! Contratei uma guia para conhecer mais sobre os segredos, como disse a Restauradora lá da sua tribo. Aprendi sobre estátuas, quadros, andei no Corredor de Vasari, por onde os nobres da família Médici passavam para não se misturar com o povão, embaixo, na Ponte Vecchio.
– Fez novos amigos?
– Fiz! E um absolutamente especial. Dono de uma casa de chá, que não era bem uma casa de chá. Foi o melhor aniversário que passei em toda a minha vida. Ele é um mago das especiarias, traz tudo do Marrocos. Eu não me lembrava de sentir tanto sabor assim.
– É que você compra chá de saquinho.
– Verdade! Triste como as coisas foram se industrializando e perdendo o sabor. Ele também me deu uma dura, porque eu compro muito em site grande, e ele disse para prestigiar mais as lojas da cidade.
– Opa! Ele está muito certo!
– Um espírito novo, o Jedi, também veio aqui e falou de natureza e de umas coisas muito interessantes. Conhece ele?
– O que mais rolou na casa de chá?
– Muita música, dança. E o dono da casa leu minha mão e falou uma

coisa doida: que eu tinha morrido durante a Segunda Guerra Mundial. Ah, logo eu, que não acredito em reencarnação e detesto armas.

Para variar, o Mocinho mudou de assunto.

– E o que é esse anel?

– Estava na lojinha dele. Ele me deu de aniversário. É um anel de ágata de fogo, falou que essa pedra aumenta a força pessoal, a autoconfiança. E que vai me ajudar com o Trevoso.

– Vai tacar na cabeça dele?

– Adoraria! Ele disse que eu ia precisar, porque elimina os medos e afasta energias negativas que possam tentar atravessar o meu caminho. Bom, né?

O Mocinho fez que sim com a cabeça, mas eu notei que algo estranho pairava no ar.

– O que foi que tá me olhando? – disse ele.

– Estou achando você meio macambúzio, como dizia a minha avó.

– O que é isso?

– Desanimado. Tá acabando a bateria? – brinquei.

– Não, tá tudo certo. Fico feliz que a viagem te fez bem. Obrigado por me contar. Vou nessa. Volto em breve, até!

O Mocinho foi sem nem dar tempo de ouvir o meu "até". Sentei em um dos poucos bancos de pedra do cemitério, com uma sensação estranha. O porteiro Moreno chegou nessa hora.

– Esperando o trem? – perguntou, brincando.

– Não, não, sei lá, bateu uma *vibe* estranha, uma sensação de perda.

– Perda de quê?

– Não sei, de gente que gosto. Será que minha família está bem?

– Sim, deve estar, não se preocupe. Sabe, nem sempre as perdas são ausências. O Astronauta Roger disse, um dia, que "Não existe distância entre dois corações que se compreendem". Bonito, né?

– Bonito, sim... mas quem é mesmo o Astronauta Roger?

– Um escritor que escreveu o livro *Diário de bordo*, há muito tempo, e sumiu no "espaço".

Quando olhei para cima, ele já estava indo para a portaria. Fiquei lá mais um pouco, digerindo as tantas coisas que tinham acontecido nos últimos dias. Meu estômago roncou e lembrei que ainda não havia almoçado. Me mandei para casa, na esperança de ainda encontrar um último pedaço de pizza quatro queijos da noite anterior.

30

Era um sábado desses de chuva, louco para fazer a gente derrapar e cair da bicicleta. Eu estava dando um tempo em casa, na esperança de o dia melhorar, já que nem os aplicativos sabiam mais indicar o tempo com precisão, devido às catastróficas mudanças climáticas.

Abri o site do eBay Itália e escrevi "Croce Rossa" (Cruz Vermelha) na busca. Apareceram flâmulas, pôsteres e muita coisa da Segunda Guerra Mundial, e entre eles havia um cartão-postal preto e branco, datado de 1941. Nele havia nove enfermeiras da Cruz Vermelha, ao lado de uma mulher muito elegante. Dei um *zoom* na tela do notebook e quase caí para trás: uma das enfermeiras era muito parecida comigo. Cliquei na parte de trás do postal, onde havia o nome de todas escrito à mão, e, quando li o nome dessa mulher em questão, meu coração disparou.

Peguei minha bicicleta, ignorando a chuva, e voei para o Monumentale. Larguei a bicicleta na porta, sem cadeado mesmo, e entrei correndo, sem cumprimentar os porteiros.

Passei por várias fileiras de sepulturas até chegar a uma das últimas. Lá estava o túmulo com o nome daquela mulher, e ela era mesmo parecidíssima comigo. O ano da morte era 1943. Me lembro dessa tumba ter chamado minha atenção um tempo atrás, porque havia o símbolo da Cruz Vermelha e uma frase: "Mulheres na Guerra". E foram tantas e ninguém quase nunca fala delas. Na época, não parei para observar a foto com calma, porque estava coberta com um pouco de poeira e eu já estava com pressa para ir embora.

Quando encostei na tumba, meus olhos doeram e comecei a piscar freneticamente. Todos os *flashes* do mundo vieram à minha mente. Eu não me via, mas podia ver pessoas, e todas elas eram... eram os *ghosts*! Meu Deus! Eu conseguia recordar tudo nitidamente: o Mocinho era um soldado na cama de um hospital de guerra; a Ruiva e os filhos estavam em um palco. Ela cantava, eles tocavam piano, juntos. Uma sirene começou a soar. A Restauradora corria com obras de arte nos braços, provavelmente para escondê-las dos nazistas. As criancinhas fugiam, com frio, pelas montanhas. O Jedi corria para acender as luzes do *bunker* onde as pessoas se esconderiam... Quando os *flashes* pararam e abri os olhos, todos os espíritos estavam juntos, ao mesmo tempo, pela primeira vez, na minha frente. Um choro tempestuoso arrebentou o dique da minha existência:

– Vocês, eu conheci vocês...

Olhei para cada um deles e, para minha surpresa, o porteiro Moreno estava ao lado do Mocinho.

– Você! Oh, meu Deus, você!

– Sim, ele é um dos nossos, é o que, como você diz, tem a bateria mais longa, e estava sempre por perto para ficar de olho ou para, digamos, "manipular" o porteiro vivo para te ajudar, como na vez em que o espírito das trevas tentou te pegar – disse o Mocinho.

Meu choro ia aumentando; eu nem imaginava que tinha tanta água no corpo.

– Mas por quê? Por que vocês estão aqui?

– Nós fizemos um acordo com o plano superior para estar aqui quando você voltasse nesta encarnação. Sabíamos que não estaria bem e que iria precisar da gente – disse a Restauradora.

– Mas por quê? Vocês são anjos da guarda?

– Não, esses são mais bem remunerados – brincou o Mocinho, levando um cutucão da Ruiva.

O Jedi, com sua calma de sempre, respondeu:

– Nós somos *Transformatori*. Ficamos aqui para ajudar você a se transformar, a se encontrar, se fortalecer. Foi a escolha de cada um de nós, porque você ajudou a todos. Você não lembra, mas fez muita coisa pela gente como enfermeira, avisando sobre os bombardeios, salvando obras de arte e até levando pessoas para fugir dos nazis – ele olhou para as criancinhas nesse momento.

– Quer dizer que fui da Resistência...? Nossa Senhora – constatei, colocando as duas mãos na cabeça.

– Sim, infelizmente você morreu durante a guerra, por causa do estilhaço de uma bomba. Seu amigo da casa de chá estava certo. Concordamos que nossa forma de gratidão seria estar aqui para você, quando você chegasse – concluiu a Ruiva cantora.

Eu soluçava tanto, que mal podia falar.

– E por que vocês nunca saem do cemitério?

– Porque tem uma gata que não deixa – falaram as criancinhas ao mesmo tempo.

– Gata? Que gata?

As criancinhas apontaram para a porta do Monumentale. O Mocinho completou:

– Faz parte do acordo, não podemos sair daqui, mas tá tudo bem, não se preocupe. Se você se concentrar, conseguirá vê-la.

Eu me virei para o portão principal, forcei a mente e os olhos e consegui mesmo ver uma felina maravilhosa, metade branca, metade preta. Na parte preta da face havia um olho branco. Na branca, um olho preto. A gata estava entretida com uma borboleta, mas não podia tocá-la, afinal, ela também era um *ghost*.

– Mas o que ela faz? Morde? Arranha?

– Não, ela grita tão alto que deixa a gente surda – disseram as criancinhas, colocando as mãos no ouvido ao mesmo tempo.

Eu não sabia se ria ou se chorava.

– Gente, que loucura! Não sei o que dizer, não sei o que dizer.

Nessa hora, para completar a situação, vejo o Escovinha vindo feito um lunático na nossa direção, gritando:

– Itália para os italianos! Itália para os italianos!

Os *ghosts* se deram as mãos e formaram uma proteção na minha frente. Eu gritei:

– Escuta aqui, Escovinha! Não tenho mais medo de você. Eu até aprendi a te entender. Sabe quantos italianos migraram para o Brasil? Mais de 1 milhão, ouviu? Mais de 1 milhão! Eu fiz o caminho inverso do meu avô e tenho esse direito! Naveguei pelos caminhos da memória dele. Escrevo sobre a Itália, fotografo a Itália, praticamente só compro produtos daqui. Sou mais italiana que muita gente, viu? Você me respeite!

Não precisa mais ser esse infeliz que foi um dia. Não precisa! A *vibe* aqui é amizade, é amor!

O Trevoso parou, ficou olhando por uns segundos para o meu anel com a pedra de ágata e foi embora. Os outros me aplaudiram.

– Bravo! Bravo! – gritou a Ruiva. – Você está pronta!

– Ai, Deus, pronta para quê? Chega de surpresas, pelo amor...

– Sim, será pelo amor, sempre pelo amor – ela respondeu, triunfante.

– Preste atenção – disse o Mocinho. – Sua vida vai ter uma reviravolta.

– Ai, não, de novo, não.

– Calma! Vai ser algo grande, e a gente quer que você saiba de uma coisa: estaremos sempre aqui para você, ok? Sempre!

Comecei a chorar de novo.

– Nunca vou abandonar vocês. Nunca. Estou sentindo muita culpa.

– Não precisa. Está tudo certo. Lembre-se: "Não existe distância entre corações que se compreendem" – repetiu o fantasma porteiro Moreno, que não era porteiro e me enganou direitinho.

– Agora vai, vai viver a vida que o destino te deve. Que a luz esteja com você – o Jedi se despediu e desapareceu, junto com todos os outros.

Ainda fiquei meia hora no cemitério, tentando processar o improcessável. Na saída, o porteiro vivo queria entender por que eu havia entrado correndo no cemitério e o que tanto eu fazia nos fundos. Respondi:

– Você não iria acreditar...

Fui embora imaginando que ele devia ter feito aquele gesto com a mão, como quem diz "essa aí é doida varrida".

Saí na rua em uma espécie de estado de graça misturado com confusão, fui andando até o centro da cidade e entrei em um bar muito charmoso, em uma rua medieval. Eu precisava muito de um *Spritz*, uma bebida gelada cor de laranja-neon e amarga que os italianos adoram. Lá encontrei uma amiga, moradora de Bérgamo, que trabalha com finanças. Ela às vezes tentava me dar umas dicas nesse assunto, porque sabia que eu era um desastre com isso. Confesso que não estava prestando atenção em nada, mas concordava com tudo, acenando com a cabeça.

Quando saímos, um homem grisalho, de camiseta branca e jeans, parou na minha frente sem dizer uma palavra. Ele apenas olhou nos meus olhos, e eu nos dele. Eu o abracei e ele retribuiu. E cada um seguiu seu caminho. Minha amiga ficou em choque:

– Você o conhece?

– Não.

– E o que foi aquilo? Você abraçou um estranho como se fosse a coisa mais normal do mundo!

– Bom, talvez devesse ser – sorri.

– Estou passada! Eu preciso de uma palavra para o que vi.

– Podem ser três? Amor ao próximo.

Minha amiga continuou desnorteada e tagarelando sobre a cena que tinha visto até chegar à minha porta e nos despedirmos. Mas o dia não acabou aí. Algumas casas para a frente, existia uma antiga escola de crianças, antigo *palazzo* de alguma família nobre. Havia duas freiras na porta, uma idosa e outra mais jovem, lendo um artigo xerocado de alguma revista, pregado na porta do *palazzo*. Fiquei curiosa e parei ao lado delas. A foto da freira no artigo era da irmã mais velha.

– É a senhora! – eu disse.

– Sim, é ela. Era a diretora da escola – respondeu a mais jovem.

– Ah, então és famosa.

Ambas fizeram que não com as mãos, muito humildes. Se despediram e foram embora.

Voltei-me para o artigo e comecei a ler. A legenda da foto dizia que a freira diretora tinha morrido em 2003. Tomei um susto. Sim! Além de ver *ghosts* no cemitério, estava vendo nas ruas também.

31

No dia seguinte, eu estava subindo a Borgo Palazzo para cair matando em uns três sorvetes, para ver se acalmava minha ansiedade e para tentar conversar mais com os espíritos sobre tudo que tinha acontecido. Parecia que um trem Frecciarossa tinha passado sobre mim. Se contasse essa história, com certeza ninguém acreditaria, com exceção da minha amiga espírita – que havia viajado e não levara o celular. Acho que meu cliente padre me mandaria para o manicômio ou para um convento imediatamente, e só com a roupa do corpo.

Quando fui atravessar um dos becos transversais, um menino de uns 5 anos veio que nem um foguete em cima de uma patinete bem na hora que um caminhão de lixo estava descendo a rua principal. Só ouvi a mãe atrás gritando seu nome feito louca. Meu corpo deu um salto, digno da época em que eu era goleira de *handball* na escola, agarrei o menino e me estatelei com os dois joelhos no chão. A patinete parou embaixo do caminhão e quase matou o motorista de enfarte. E foi aí que começou a minha segunda grande mudança de vida, porque haviam filmado a cena e postado nas redes sociais. A coisa alastrou como fogo de queimada no Pantanal em tempos de seca. A Itália inteira viu o vídeo, e, de um segundo para outro, de imigrante-invisível-à-sociedade virei heroína. Saí em todos os jornais, fui entrevistada pelo canal de televisão Rai, recebi uma condecoração da prefeitura de Bérgamo, com direito a cerimônia e tudo. Depois do que aconteceu, todo mundo queria ser meu amigo, alguns queriam me namorar, recebi convites para jantares, festas, para conhecer outras cidades. Algumas semanas depois, fizeram uma vaquinha gorda e pude, quem diria, comprar meu apartamento no *cortile* e ainda doar para a Cruz Vermelha o que sobrou.

Foi uma fase incrível na minha vida, mas eu sabia que tinha muita ilusão ali. A fama nunca subiu à minha cabeça; ao contrário, continuei sendo a pessoa humilde de sempre, mas com a autoestima estruturada, sólida, graças aos meus queridos amigos espíritos e a tudo aquilo que eu havia vivenciado.

Quase não sobrava tempo para visitar os *ghosts*, mas um dia em que pude respirar, sem convite para nada, passei no Monumentale. Levei uma máquina de café de presente para o porteiro vivo, que ficou megafeliz em me ver.

– Tá famosa, hein?

– Nem! Só fiz o que tinha que fazer.

– Eu sabia que você não era doida. Falei para o pessoal aqui. Posso tirar uma *selfie*?

– Claro!

Nessa hora, o *ghost* ex-porteiro Moreno apareceu para tirar foto junto. Eu caí na risada.

– Também quero uma máquina de café – ele disse, sorrindo.

– Você merece!

– Como você está encarando essa nova fase?

– Uma loucura! Bem que vocês me avisaram, né? Mas fiquei feliz em salvar o garotinho, fiquei amiga da família. Filo boia, às vezes, no domingo. E comprei meu apartamento, você sabe, né?

– Sim, sim.

– E os outros *ghosts*?

– Estão, digamos, recarregando a bateria hoje. Todos sentem a sua falta.

– Meses intensos, né? E o Escovinha?

– É quem mais sente saudade de você! Fica andando pelo cemitério de cabeça baixa, resmungando: *"Mi manca la brasiliana! Mi manca la brasiliana!"* [Saudade da brasileira! Saudade da brasileira!]. Você conseguiu mesmo dar um jeito nele.

– Haha, quem diria. O mundo dá voltas.

– Ô!
– Vem cá, eu também ajudei você na época? – perguntei.
– Sim!
– Como?
– Sorrindo.
– Oi?
– Eu era porteiro em um pequeno hotel e as pessoas me ignoravam. Era praticamente invisível. Você era a única que passava na rua que sorria e me cumprimentava. Isso significou muito para mim.

Uma lágrima cúmplice deu o ar da graça nessa hora. Me despedi dele e saí, tomando cuidado para não pisar no rabo da gata *ghost* que estava se alongando na porta do Monumentale. Tinha que me preparar para uma entrevista na rádio no dia seguinte, em que falaria de novo as mesmas coisas, mas eu topava, porque sabia que era importante para as pessoas e para os imigrantes, e para os ítalo-brasileiros, que agora estavam na crista da onda.

32

Dois meses depois, as coisas já tinham se acalmado. Era temporada de cinema ao ar livre em Bérgamo e eu acabara de ver o filme *Cë ancora domani* ("Ainda há amanhã"), maravilhoso. Estava pensando no final do filme, quando um moço mais ou menos da minha idade parou na minha frente. Ele era bonito, cabelo para trás na altura dos ombros, cavanhaque, argola na orelha esquerda. Lembrava um pouco Jack Sparrow, do *Piratas do Caribe*.

– Você quer uma *selfie*?

– Oi? – ele respondeu, rindo.

– Você não é daqui?

– Sou, mas cheguei ontem de uma viagem longa. Eu só ia perguntar se você viu "mi" cachorro.

Morri de vergonha.

– Como chama?

– Coco!

Nessa hora, um cachorro-robô apareceu de trás de uma árvore. Arregalei os olhos.

– Ah, olha "elu" aqui.

– "Elu"?

– Sim, é não binário. Não se identifica 100% nem com o gênero masculino, nem com o feminino.

Comecei a rir. Puxei o cartão de visita que eu ainda tinha e dei para ele.

– Se precisar de uma *pet sitter*, pode me chamar.

Fui embora sem olhar para trás, não acreditando que eu tinha feito aquilo. Ele me ligou, não para cuidar de Coco, mas para ir a outra sessão de cinema aberto. Nessa noite, caiu um temporal cinematográfico (sem querer fazer trocadilho), e foi assim que começou o nosso relacionamento. Ele era *videomaker* e tinha um *trailer* puxado por um *Cinquecento*, da Fiat. A gente ficava indo de cidade em cidade conhecendo os cinemas. Às vezes, ele projetava um filme na parede branca das pequeninas cidades, como em *Cinema Paradiso*. Eu também o ajudava a escrever roteiros para os seus vídeos, e cada vez aparecia mais trabalho. Quando dava tempo, passávamos no Monumentale para falar com os *ghosts*. Eu ia "traduzindo" o que eles falavam. Todos deram a bênção para essa união e, claro, já sabiam antecipadamente o que estava para acontecer.

Nosso relacionamento fluía como nuvens que vão formando desenhos no céu, sem controle, sem autoritarismo da minha parte, porque eu havia resgatado meu poder interior e não precisava mais me achar melhor ou pior do que ninguém. Quando a gente se reconecta, se liberta e não prende os outros. E eu não tinha mais medo de amar, porque "o medo é a antítese da liberdade", como bem citou o professor de caiaque no dia em que me vi diante da imensidão de um lago.

33

Entre os convites de trabalho que recebemos, um era irrecusável: ficar um ano e meio na ilha de Lampedusa, no sul da Itália, para filmar um documentário sobre a tragédia humanitária da imigração. Era um bocado de tempo, mas uma experiência única. Em 2023, quase 127 mil migrantes chegaram à Itália, muitos via Lampedusa. A população e a Cruz Vermelha tentavam ajudar do jeito que dava. Mas tudo era muito triste e complicado.

Aceitei de imediato, mas sabia que esse trabalho teria seu preço: a distância dos *ghosts,* e eu havia prometido nunca abandoná-los, embora eles não tivessem me pedido isso.

O dia da despedida foi muito difícil. Não dava para chegar e dizer que a gente faria videochamada ou coisa do gênero. O Mocinho ainda tentou amenizar a situação:

– Pensa que depois você vai ter muita história para me contar.

– Assim espero!

Me despedi de cada um dos *ghosts* com o coração na mão. O porteiro vivo me deu um abraço e me desejou sucesso na empreitada.

Entramos no carro e demos uma última volta na frente do cemitério. Todos os espíritos estavam na porta, um ao lado do outro. Comecei a chorar. Eles eram minha família na Itália, e seria como separar a mão esquerda da direita por um longo tempo. Eles eram pedaço de plasma de mim, por mais estranha que essa frase pudesse soar. Lembrei de tudo que passamos juntos: as neblinas coloridas, os sustos, as conversas com o Mocinho, as chacoalhadas da Ruiva, as perguntas das criancinhas, o primeiro ataque do Escovinha, o conhecimento dos mistérios da Restauradora, o amor à natureza do Jedi, os símbolos, as sepulturas das mulheres... Mais uma vez pensei em Rutger Hauer, em *Blade Runner*, falando sobre as lágrimas na chuva. E chorei mais ainda, de molhar a camisa.

Quando estávamos partindo, uma coisa inacreditável aconteceu: a gata carcereira viu Coco dentro do carro, na janela, e se apaixonou perdidamente. Saltou para dentro e começou a "lambê-lo" e a ronronar. A entrada do Monumentale ficou completamente livre e eu gritei:

– Venham! Venham!

O porteiro vivo, para variar, não estava entendendo nada e me olhava com cara de "tá chamando quem, a doida?". Os *ghosts* se entreolharam. O Mocinho colocou a ponta do pé para fora do cemitério, como a gente faz quando testa a temperatura da água de uma piscina, e, sim, estava mesmo liberado.

Eles correram para fora do Monumentale e entraram no *trailer*. Meu namorado meteu o pé no acelerador, enquanto o Escovinha, sentado em cima do reboque, gritava: "Está voltando para o seu país? Está voltando para o seu país?"

Embora venhamos de lugares diferentes, falemos línguas diferentes, nossos corações batem como um só.

Albus Dumbledore

MATRIX